Kai & Liam
「翼竜王を飼いならせ」

「いい子だ。褒美をくれてやる」
「——あぁ、あ……！」
ようやく指を挿入された潤は、びくんと弾けて鏡から背中を離す。
その勢いで可畏の両肩に手を伸ばすと、再び性器を食まれた。（本文 P.48より）

Chara

翼竜王を飼いならせ

暴君竜を飼いならせ2

犬飼のの

キャラ文庫

この作品はフィクションです。
実在の人物・団体・事件などにはいっさい関係ありません。

目次

口絵・本文イラスト／笠井あゆみ

『愛してる……お前を守りたい』
口では「好き」っていえない男が、密《ひそ》かに燃え上がらせた想い――。
俺には動物の感情を読む力があったから、可畏《かい》の本音を知ることができた。
この力がなければ、俺は可畏の孤独になかなか気づけなかったかもしれない。
そして他の人と同じように可畏を恐れ、まったく違う結末を迎えていただろう。

「――ッ、ウ……」

無敵の暴君竜は、今夜もうなされている。
日中は平然としていても、夜はいつもこうだ。
母親と兄を殺した記憶に苛《さいな》まれ、罪の意識に苦しんでいる。
俺にできることは限られているけれど、隣にいて、汗に濡《ぬ》れた額を拭《ぬぐ》った。
キスをしたり、頭を胸に抱いて心音を聴かせたり。毎夜そうして悪夢を断ち切る。
「……大丈夫。可畏は何も悪くない。俺を守ってくれて、ありがとう」
耳元で囁《ささや》くと、可畏の体から強張りが取れた。
大丈夫。お前は強い。朝になったらまた、皆に畏怖される暴君竜でいられるよ。
約束通り死ぬまでそばにいるから――今は安心して、俺の夢でも見ていてくれ。

《一》

十一月二十五日——私立竜泉《りゅうせん》学院の中高部生徒会長、竜嵜《りゅうざき》可畏の恋人である沢木《さわき》潤《じゅん》は、いつも通り可畏や生餌《いきえ》と共に朝のバスタイムを過ごす。

ジャグジーに浸かっているのは可畏と自分だけで、生餌九人はバスタブの外だった。

街を歩けば誰もが振り返るような美少年集団が、ミニ丈のバスローブ姿で注射器を手にし、血を抜き合ってはシャンパングラスに注いで運んでくる。

「可畏様、これで九杯目になります。御満足いただけましたか？」

「大して美味《うま》くはねえが、腹は満ちた」

「可畏様ったら。たまには美味《おい》しいっていってくださいよ」

「僕達、可畏様のために健康に気を遣って、常に綺麗《きれい》な血を保ってるんですよ」

「ラクト・ベジタリアンの一号さんとは違うんです。純然たる菜食主義者なんですから」

可畏の両肩の向こうに陣取っている生餌二号と三号は、「一号」や「愛妾《あいしょう》」と呼ばれる潤の顔を睨《にら》みながら唇を尖《とが》らせる。

「ラクト・ベジタリアンで悪かったな」

「いえいえ、可畏様にとっては一号さんの血の味が常にナンバー1なんでしょうから。たとえ乳製品で汚れていてもね」

「よくわかってんじゃねえか」

「んもう、そんなあっさり認めないでください。可畏様のいけず」

本性はコリトサウルスの二号は、手桶《ておけ》で可畏の肩に湯を注ぎながら不貞腐《ふてくさ》れる。

可畏が生餌と名づけて侍《はべ》らせている美少年は全員、草食恐竜の遺伝子を持つ竜人だ。

約六千万年前に絶滅したはずの恐竜の遺伝子を持ち、それぞれが背中に恐竜の影を背負っている。

中生代から脈々と受け継がれる恐竜遺伝子と、人間の遺伝子を併せ持つ竜人――彼らが人に紛れて生きる術《すべ》を学ぶための竜泉学院は、肉食竜人と草食竜人の出会いの場でもあった。

草食竜人は、在学中に肉食竜人の主を持って庇護《ひご》下に収まらなければ、大学を卒業した途端、世間という狩場に放りだされて他の肉食竜人に食われてしまう恐れがある。

主が強ければ強いほど安全を得られるため、可畏に人気が集まるのは当然だった。

――そろそろ新しい主を見つけるとかしてくれるとありがたいんだけど……。

生餌の二号から十号までの九人は、可畏が潤と恋仲になっても身を引こうとはしない。

今は血の供給と世話係としてそばにいるだけだが、潤にはいささか気になる存在だった。

――昔は可畏に抱かれてたのかと思うと、なかなか複雑なものがあったり、なかったり……可畏はオールヌードを今でも毎日見せてるわけだし、水気を拭《ふ》く時は体に触らせてるし。でも俺が可畏の世話を一人で全部引き受けるのは大変過ぎる……それじゃほんとに愛妾みたいだし。かといって自分でなんでもやるような男じゃないんだよな。御曹司《おんぞうし》だし、基本俺様っていうか王様だから、どうしたもんかと。

海綿スポンジを握りしめた潤は、オープンジャグジーに浸かる可畏の首筋を洗う。浅黒い肌は生餌の血を飲んだことで艶めき、寝起きの時点よりも瑞々しく見えた。

寒さを嫌う可畏の体が冷えないよう、バスタブの外にいる生餌二号と三号が、タイミングを計りながら湯をかけている。

朝晩の入浴の度にこの状態で、全員で湯船に浸かるわけではないものの、総勢十一人でバスタイムを過ごすことが多かった。

――変だけど、まあ……可畏はこう見えて凄《すご》い淋しがり屋だし……今みたいに皆でワイワイやってるくらいがいいんだろうな。絶対嫌っていえば考えてくれると思うけど。

生餌の九人とは血の供給だけの関係にしてくれ――そう頼んだら、おそらく可畏は「お前が望むならその通りにする」というだろう。

それ以外の答えは想像がつかないくらい、常に優先されている実感があった。

大切にされているからこそ余計に、可畏の周囲が静まり返るようなお強請《ねだ》りはしたくない。

生餌達には打算があるが、しかし可畏に好意を持っているのはわかるので、そういう存在が可畏のそばに多くあった方がいいと思う。過去が気にならないといえば嘘になるが、生餌達は可畏の恋人だったわけではなく、竜人の貞操観念は人間よりだいぶ低いのだ。

――うん、許す。今はそういう関係じゃないんだし、許しましょう、広い心で……。

ふうっと息をついた潤に、可畏は「不満そうだな」といってくる。

何かいってほしい時の顔をしていた。これまで恋人という存在を持っていなかった可畏は、初めてできた恋人に甘えられたり頼られたりしたいのだ。

「不満？　べつに何もないけど」

「望みがあったらいってみろ。叶えられることなら叶えてやる」

「大盤振る舞いだな。でも、今は本当に何もない。連休は恐竜展に連れていってもらったし、凄い満足してるから平気」

潤はそう返しながらも、可畏が納得していないことを察する。

読書が好きな彼は、人間の感覚を知識としては得ているので、本当は生餌に対するこちらの微妙な気持ちに感づいていて、そのうえで変わらぬ日々を過ごしているのかもしれない。

そうだと仮定して、可畏が自分に求めている答えはなんだろうか――と、潤は目の前の瞳を真っ直ぐに見据えながら考え込む。

可畏の瞳は黒く、虹彩には血の色が交じっていた。暴君竜の威容を示す、鋭い瞳だ。

白眼の範囲が広い三白眼の奥に潜む理想の恋人像は、生餌に対して寛容な恋人か、それとも生餌を邪険にするくらい、執着や独占欲を見せる恋人か。いったいどちらだろうか。

何事にも理解のある落ち着いたタイプと、恋に溺《おぼ》れて駄々を捏《こ》ねるタイプ——男にとっては前者の方が好都合で楽に決まっているが、共に恋に溺れている場合は別とも考えられる。

自分の立場に置き換えると、「俺だけを見ていろ。他の男を寄せつけるな」といわれたら、ウザいと思いつつも、ときめく予感がたっぷりあった。

「そうだな……今度は皆で一緒に行きたいかも。恐竜展でも映画でも、なんでもいいよ」

潤はくすっと笑いながら、可畏の耳朶《みみたぶ》に触れる。

とても手触りがよくて、気に入っている場所だ。

可畏の望み通りに振る舞えたかどうかはわからないが、自分は可畏を今のまま……彼を慕う九人の生餌や、側近である四人のヴェロキラに囲まれ、いつもそれなりに賑《にぎ》わっている環境に置いておきたい。

可畏が傷ついたり淋しがったりしない自然な流れで、生餌が少しずつ別の主の方へと流れてくれたらありがたいとは思うが、積極的にどうこうしようとは思わなかった。

可畏が何を望んでいようと、現状維持が自分の望みだ。

少しがっかりさせてしまったとしても、ねじ曲げずに本心を見せたかった。

「手綱《たづな》はしっかり握っておかないと、俺を飼いならすことはできないぞ」

「檻《おり》に入れてもすぐ壊しそうな奴が何いってんだか。飼いならされる気なんかないくせに」

「そうでもない」

「……っ、朝っぱらからやめろよ。恥ずかしいだろ」

潤は可畏の露骨な視線と台詞《せりふ》に狼狽《うろた》えて、可畏の唇を掌で塞ぐ。

熱い湯に浸かっているとはいえ、信じられないほど一気に逆上《のぼ》せた。

可畏の顔を見ていられなくなって空を仰ぐと、そこには薄いグレーの恐竜の姿が見える。

人間の姿の影とは別に、陽射しとは無関係に付き纏《まと》う巨大な影——超進化を遂げたティラノサウルス・レックスの立体的なシルエットが、生餌九人が背負う草食恐竜の影と重なり合い、天高く伸びていた。

——こんなの飼いならせるわけないし……つーか、いつ見てもデカい。

潤は可畏の口を塞いだまま、メジャーな恐竜への憧れを籠《こ》めて可畏の本性を見上げる。

可畏は人間としても優れた肉体を持ち、身長一九〇センチの均整が取れた肢体と、格闘家の如く鍛え抜かれた筋肉を誇っていた。

悪魔的に整った顔に、滑らかな浅黒い肌、漆黒の髪、緋色《ひいろ》の斑が入った黒い虹彩——どれも印象的で野性味に溢《あふ》れた男らしい男だが、恐竜化するとさらに雄々しくパワーアップするのだから、どうしたって憧憬《しょうけい》の目を向けてしまう。

——カッコイイ、よな……人間の方もだけど、恐竜の方も滅茶苦茶カッコイイ……。

最強の肉食恐竜、ティラノサウルス・レックス——ビルの五階以上の高さはあろうかという影は、見つめれば見つめるほど立体感が増して実体に近くなった。

普段は背景が透ける程度の薄さだが、集中して見ると、細かい鱗《うろこ》や突起まで確認できる。

表皮の黒い色が濃くなり、その向こうにある中高部第一寮の屋根が見えなくなった。

「うわ……！　冷たっ！」

暴君竜を見上げていると、顔面にいきなり冷水をかけられる。

可畏の肩の向こうから、二号——ユキナリがさらに水をかけようと手を伸ばしてきた。

震え上がる潤を見て、「大丈夫ですかぁ？」と、いいながら笑っている。

「いきなり何すんだよ！」

「何って、耳まで真っ赤にして逆上せてるみたいだから心配で。お気に障りました？」

「さすがは二号さん、気が利きますね。一号さん大丈夫ですかぁ？」

透かさず三号も声をかけてきて、潤はムッとするばかりで何もいえなくなる。

腹立たしいが、逆上せていたのは事実だった。冷水もありがたいといえばありがたい。

「本当に真っ赤だぞ。先に上がるか？」

「い、いや……平気」

潤は二号の手首を引っ摑《つか》むと、手桶の中の冷水を自ら被った。

冷たさを予め覚悟していれば、なんのことはない。その瞬間は爽快《そうかい》だ。

ところが十一月下旬の朝の空気が濡れ髪を冷やし、冷凍庫に飛び込んだ気分になる。

何も頭からかけなくてもよかったかな……と後悔すると、可畏の手で腰を抱き寄せられた。

「風邪を引くぞ。もう一度肩まで浸かれ」

強引で逞《たくま》しい腕に包まれた潤は、握っていた海綿スポンジを奪われる。

胸と胸が密着した状態で、スポンジに含んだ湯をジュワッと絞って首筋にかけられた。

可畏はそれを何度も繰り返し、こめかみに唇を寄せてくる。

可愛くてたまらないとばかりにキスを繰り返しながら、「寒くないか？」と訊《き》いてきた。

「大丈夫……です」

可畏は性行為やそれに準ずる行為に関してはギャラリーを気にする男ではないので、背後で九人の生餌達が頬を膨らませていてもまったく構わず、潤の体を温め続ける。

秋冬は温泉の湯を運び込んでオープンジャグジーに満たしているため、浸かっていると体の芯から温まった。もしこれが普通の湯だったとしても、こんなに密着して甘やかされていれば、心身共にポカポカと温まるに違いない。

――虫の居所が悪ければ手が出るし、まだまだ難しいとこはあるんだけど……。

潤は首筋に湯をかけられながら、くすぐったさに肩を竦《すく》める。

夜は悪夢にうなされ、日中も時折火が点いたようにキレて暴れる可畏だったが、想いが通じ合ってからは一度も手を上げられたことがなかった。

不機嫌な可畏の拳の行き先は、側近のヴェロキラや、今ここにいる生餌達で……そういった暴力行為は潤にとっては見るに耐えないものだったが、しかし竜人には竜人の世界があるのもわかる。

華奢《きゃしゃ》な美少年の姿をした生餌達は、殴られるのも仕事として割り切っていて、暴力を振るう可畏を潤が諫《いさ》めることを歓迎しなかった。治癒能力が高いこともあり、どんな形でもいいから可畏の役に立つ存在として、彼のそばにいることを望んでいる。存在価値を認められ、最強の主人に守られるポジションをキープするための、命懸けの椅子《いす》取りゲームだ。

──それでも俺は、止めずにはいられないから。

可畏の機嫌がよく、誰も痛い思いをしないで済む朝は嬉《うれ》しい。

潤は二号らの視線に晒《さら》されながらもキスを拒めず、可畏の首に手を回した。

「今朝はやけに機嫌がいいな」

「そう見える？　俺の機嫌は可畏次第だよ」

甘いキスのあとは、鼻先が触れるくらいの距離で見つめ合う。

そうしているともっと深いキスをしたい気持ちが、お互いの中で膨れ上がった。

「──潤」

「可畏……」

「可畏様っ、お電話が入りました。太母《たいぼ》様からです」

二人の甘い時間を割くように、生餌五号が焦り口調で割り込む。

一瞬場が凍りついたが、五号は構わず受話器を持ってきた。

――また理事長か……変なことにならなきゃいいけど。

三号が可畏の手をタオルで拭き、二号が耳を拭いている間、潤は可畏の表情の変化をじっと見ていた。

これまでにも何度か、学院の理事長である可畏の祖母から電話がかかってきたことがある。

可畏が潤を守るために母親を殺したため、一人娘を失った理事長は情緒不安定な精神状態にあるらしい。

受話器から、『よくも私の娘を！』と、恨みを籠めて怒鳴る声が聞こえたことがあった。

そうかと思えば、可畏の機嫌を取ってみたり、至極普通に業務連絡をしてきたり、その時により態度が一八〇度変わる。

今がどちらなのかはわからないが、潤は可畏に腰を抱かれたまま、この通話によって可畏が傷つかないよう、密かに祈った。毎夜うなされて苦しんでいる可畏を、さらに責め苛むようなことをいわないでくれ――と切に願う。

「クリスチャンの推薦？　話が見えないな、どういうことだ？」

通話中に可畏の顔色が変わり、潤は沈黙のまま息を呑む。

可畏と密着しているにもかかわらず理事長の声は聞こえないため、今朝の彼女は冷静らしい。

しかしその一方で、可畏は不快げに眉を寄せていた。

――クリスチャンて……誰だろう。人名？

可畏の怒りの度合いを読み取るのは難しいが、少なくとも激怒ではなかった。

クリスチャンというのが個人の名前なのか、それともキリスト教徒のことなのかわからないまま、潤は通話が終わるのを待つ。産まれた頃から祖母を嫌っている可畏は言葉少なで、何が起きているのか判断するには情報が乏し過ぎた。

「もういい、勝手にしろ」

可畏は一方的に通話を終えると、受話器を乱暴に放り投げる。

幸い五号が上手くキャッチしたが、可畏が機嫌を損ねたことで、この場の誰もが緊張した。

殴られる覚悟を決めている生餌達も、過去に何度も殴られてきた潤も、受ける痛みに対する恐怖はある。高い治癒能力を持っているとはいえ、やはり痛みは恐ろしかった。

「可畏……大丈夫か？　何かあったのか？」

潤が躊躇《ためら》いながら訊くと、可畏は一瞬眉間《みけん》に皺《しわ》を寄せたが、潤と顔を見合わせてから静かに息を吸う。

意図的に心を落ち着かせようとしているのは明らかで、潤はそれを手伝うべく可畏の耳朶に手を伸ばした。「好きだよ」と、そして「ここにいるよ」と、口にはしないまでも、手つきと視線で可畏に伝える。

「今日から転校生が五人来るそうだ。全員ハワイ出身で世間知らずのレア恐竜だから、生徒会役員にして目をかけてやってくれと頼まれた」

「レア恐竜？　こんな時期に転校生なんて珍しいな……しかも五人なんて」

潤は可畏が激昂《げっこう》しなかったことに安堵《あんど》しつつも、引き続き慎重な態度を心掛ける。

絶滅寸前のレア恐竜とされるディプロドクスの竜人に興味を持って怒らせた過去があるので、うっかり目を輝かせないよう気をつけた。

「本当にレアなのは一人だけだ。他の四人はその側近に過ぎない」

「レアって、どういう意味でのレア？　絶滅危惧種とか？」

「奴がレアであることは、一目見ればすぐわかる」

「う、うん」

いったいどんな恐竜が転校してくるのかと、内心わくわく高鳴る気持ちを抑え、潤はできる限り平静を装う。元々恐竜への憧れを人並みに持っているため、どうしたって目新しい恐竜の存在に期待感が膨らむが、今何よりも大事なのは可畏の心の安寧《あんねい》だ。

「クリスチャンの推薦とかいってたけど、なんか、偉い人なのか？」

「クリスチャン・ドレイク。俺の父親だ」

「……え、父親⁉　可畏のお父さん⁉」

「血が繋《つな》がってるってだけの男だ」

潤の問いに答える寸前、可畏は何故か目を逸らす。

その仕草には、内なる感情を隠そうとする意思が見えた。

ところが次の瞬間——潤の頭の中に、突如可畏の想いが流れ込む。

『会いたい』——人間の言語とは異なるが、確かにそう感じ取れる想いだった。

言葉とは真逆の、父親に対する思慕の情と尊敬の念、接触を求める気持ち……可畏が本当は誰にも知られたくないであろう本音を、潤は意図せず読んでしまう。

暫定的《ざんてい》に『読心《どくしん》』と呼んでいるこの能力は、潤が生まれながらに持っているもので、動物や鳥や魚に対して有効だった。人間の心は読めず、竜人では可畏にのみ突発的に働く。

——お父さん、間接的でも連絡取ってるような関係だったんだ……っていうか、肉親全員と険悪な状態だと思ってたけど、お父さんのことだけは好きなんだな、それもかなり。会いたい気持ちが凄く強いし、尊敬してるみたいだし、会えないことへの不満とか淋しさを抱えてて、触れ合いを求めてるのがわかる。

潤は可畏に対して、動物及び可畏の心を読み取る能力について告白していたが、今その力が働いたことを告げるべきかどうか迷った。

可畏以外には秘密にしているため、二号らの目が気になる。

何より、「口でいってることと本音が違う」といわんばかりに真実を暴かれたら、誰だって不快になるだろう。

恋愛絡みで、「本当は俺のこと好きなんだろ？　バレバレだよ」と、甘い追及をするのとはわけが違い、肉親との関係は可畏にとって非常にデリケートなものだ。

「可畏のお父さんて、Ｔ・レックス？」

「ああ、跡取りが欲しくて同種の雌に種付けした」

「え……跡取りっていっても、可畏は竜嵜家の跡取りだろ？」

「雌のＴ・レックスが産まれたら父方に、雄なら母方にと決まってたらしい。通常なら価値の高い雌が母方に残されるが、竜嵜帝訶《ていか》が望んだのはＴ・レックスの息子だった」

「竜嵜、帝訶……」

「竜ケ島《りゅうがしま》で俺が殺したクソ売女《ばいた》だ」

「う、うん……わかってる。それで可畏はお父さんの所には行かずに日本に残って、竜嵜家の跡取りになったのか」

母親のことをフルネームで呼ぶ可畏の気持ちを察しながら、潤は心を読んでしまったことを伏せると決める。頃合いを見て話す気はあったが、今はその時ではないと思った。

「通常のやり方で跡取りを得るのを諦《あきら》めたクリスチャンは、元々力を入れていた遺伝子研究に没頭し、妙な実験を繰り返してる。いわゆる変人だ」

「変人……なんだ？　あ、でも見た目は凄いイケてそう」

可畏の父親なら——と付けるのを忘れたせいか、ぎろりと睨まれる。

たとえ相手が可畏の父親であっても、他の男に興味を示してはいけないのだと知った潤は、「可畏に似てたら絶対カッコイイと思って」と付け足した。

「俺は完全に父親似だ。あの売女には毛ほども似てねえ」

「……うん。じゃあ絶対イケてるよな。今日来るのは転校生だけ？　お父さんは？」

「面倒見てるレア恐竜を推薦したってだけで、本人が来るわけじゃない」

「そっか、残念だな。会いたかったのに」

「あんな変人、どうでもいい」

「可畏のお父さんがどれくらい変わってるのか知らないけど、いるだけいいと思っちゃうよ。俺の父親は早くに死んじゃったからさ」

「潤……」

「もし日本に来ることがあったら、その時は紹介してほしいな」

「――するに、決まってんだろ」

潤の言葉に即答した可畏は、「先に上がるぞ」とだけいって湯から出る。

火照《ほて》って赤く染まった体は、人間の時ですら暴君竜の風格に満ちていた。

首から肩にかけて盛り上がった僧帽筋は見事な物で、潤は惚《ほ》れ惚《ぼ》れと可畏を見つめる。

自分もそれなりに鍛えてきたが、生まれつきの線の細さはどうにもならず、男として可畏に勝てる所など一つもなかった。

——可畏のお父さんもT・レックスなら、ムキムキで長身なんだよな、きっと。レア恐竜の転校生より可畏のお父さんに会って、ほんとに紹介されてみたいかも。どんな顔してどういう言葉で俺を紹介するのか、その時の可畏が見てみたいし、何しろ可畏は父親が好きで、本気で会いたがってる。母親の一件で苦しんでる分も、お父さんに会って肉親の情とか色々感じて、癒されたらいいのに……。

バスタブから出た可畏の体に、生餌がコットンのバスローブを着せる。いくつもの白い手が、バスローブとタオルの上から彼の体をなぞった。水分を除き、それが終わると一旦脱がせてシルクのバスローブを着せる。

「——ッ」

その時また、可畏の感情が流れ込んできた。連続して起きるのは、それだけ強い想いである証拠だ。

届いたのは、『鬱陶《うっとう》しい』——そんな気持ちだった。間違いなく悪感情だとわかる。最初は彼を取り囲む生餌に対するものに思えたが、そうではない。言語として届くわけでもなければ、対象が目に見えるわけでもないが、潤には可畏の気持ちの矛先が読めた。

彼が放った『鬱陶しい』という感情には、激しい嫉妬《しっと》と怒りが織り込まれている。それはここにいない誰かに——遥か遠くにいる何者かに向かって飛ばされていた。

《二》

竜泉学院の中高の校舎は基本的には六階建てで、七階には広大な屋上庭園とテラスルーム、会議室、通信で授業が受けられる学習室や、可畏が使っている会長室がある。

生徒会が占有しているため、七階すべてが『生徒会サロン』と呼ばれていた。

屋上庭園にはプールがあり、コースに面したフェンスから校庭を一望できる。

寮で昼食を終えてサロンに戻った潤は、可畏と共に屋上から外を見ていた。

五人の転校生の初登校を前にして、昼休み後半の学院中が沸いている。

「凄い大きな影……木々に隠れてよく見えないけど、獣脚類《じゅうきゃく》だよな？」

フェンスを摑んで身を乗りだす潤の呟《つぶや》きに、可畏は何も答えなかった。

潤の左手には、ヴェロキラプトルの竜人である可畏の側近が四人立っている。

右手には、可畏と草食竜人の生餌ら九人が昇順に並んでいた。

転校生の出迎えなどする可畏ではないが、フェンス越しに高所から見下ろすくらいはよしと思ったらしい。生徒会役員全員で、あくまで高みの見物というスタンスだ。

学院は高台に建っているため、塀の外には多摩《たま》の自然豊かな緑地が広がっている。

転校生を乗せた車が進むに従って、徐々に学院に迫ってくる大きな影——それはどう見ても大型肉食恐竜のものだった。その少し後ろを、複数の恐竜の影が同じ速度でついてくる。

正真正銘のレア恐竜と、その側近の四人は、別の車両に乗っているということだ。

屋上でじっと待っていると、遂に車が見えてくる。計三台が正門を抜けた。

まずは純白のリムジンが停まり、続いて黒塗りの高級外車二台が停まる。

「……え、え……っ、な、何……あれ……翼⁉」

先頭のリムジンから突きだしている影に、潤は目を円《まる》くした。

潤がこうした恐竜の影を捉えられるようになったのは、今から三ヵ月ほど前のことで、交通事故で死にかけた際に可畏の血を輸血されてから、竜人と人間を見分ける目を手に入れた。同時に高い治癒能力を得て、最早普通の人間とはいえない体で竜人の中で暮らし、驚くべき経験をいくつもしてきた。

いまさら何を見ても驚かないと思っていたが、今再び自分の目を疑ってしまう。

驚いているのは潤だけではなく、校舎全体から響動《どよ》めきが上がっていた。

各階の窓に群がって転校生に注目している全生徒が、潤と共に、何かしらの声を上げずにはいられない衝撃を受けている。

「獣脚類に……翼が、プテラノドンみたいな翼が付いてる！　なんだよあれ⁉」

興奮して説明を求める潤の横で、二号らも「凄い……」と口々に呟く。

黙っているのは、ヴェロキラの四人と可畏だけだった。

校庭に現れたのは明らかに獣脚類でありながらも、巨大な翼を持つ恐竜の影だ。

可畏が背負う超進化型ティラノサウルス・レックスの影と比べれば常識的なサイズではあるものの、直立時の体高は十メートルを超えていそうに見える。わからないのは翼の大きさで、目いっぱい広げたら翼開張《よくかいちょう》がいくつになるのか、とても想像がつかなかった。

——凄い立派な翼だし、たぶんジェット機くらい……か？

学院中の生徒が注目する中、白いリムジンから運転手が降りる。

彼もまた竜人で、体高二メートルほどの小型肉食恐竜だった。

恭《うやうや》しく後部座席のドアが開けられ、恐竜の影が動きだす。

「あれがレア中のレア——ただし天然物じゃない。キメラ恐竜だ」

「……キメラ⁉　キメラって、いろんな遺伝子が雑《ま》ざって出来るやつか？」

「ああ、恐竜としては一応獣脚類だ。本体はティラノサウルス亜科のダスプレトサウルスで、そこにプテラノドンの翼が付いてる。ただの飾りだけどな」

「飾りってことは、つまり飛べないってことか？」

「ティラノの体を浮かすには、あんな脆《もろ》い翼じゃまず無理だ。間抜けな話だと思わねえか？　翼を広げて地上で戦うのはあまりにも不利で、いざとなったら奴は自慢の翼を体に張りつけるように縮めて、普通の獣脚類として戦うしかない。マッドサイエンティストのクリスチャンが作り上げたキメラ恐竜の成功例ではあるが、同時に失敗作でもある」

「お父さんが……作った、のか?」

「クリスチャンは竜人研究の第一人者だ。竜人は雌が極端に少ないからな。遺伝子操作で雌を人工的に作りだす研究の傍ら、希少種の保全や新種の開発もやってる」

「そう、なんだ……」

可畏の気持ちを察した潤は、「お父さん、凄い人なんだな」と続けた。

変人だのマッドサイエンティストだのと蔑《さげす》むことで本心を覆い隠しながらも、可畏が父親に敬愛の念を抱いていることは、読心するまでもなく伝わってくる。

「アイツは翼を持つティラノとして、キメラ恐竜ティラノサウルス・プテロンと名づけられた。十人もの有力な竜人の遺伝子を混合して作られたために特定の親はなく、開発者のファミリーネームをもらってリアム・ドレイクと名乗ってる」

「リアム・ドレイク……」

その名を聞いて、潤はフェンスを握っていた手に力を籠めた。

可畏の父親の名はクリスチャン・ドレイク——これではまるで、リアムが彼の息子のようだ。

クリスチャンのフルネームを思いだすと同時に、潤は今朝読み取ってしまった可畏の感情を呼び覚ます。父親を強く求める気持ちの裏で、何者かを妬《ねた》み、疎む排他的感情——。

あれはやはり身近な者に対してではなかった。転校生に向けたものに間違いない。

改めて考えると、ただ鬱陶しがるだけではなく、妬心や怒りを孕《はら》んでいた理由がわかる。

可畏が今睨み下ろしているキメラ恐竜――ティラノサウルス・プテロンのリアムが、可畏の父親にとって特別な存在だからだ。

クリスチャン・ドレイクが熱心な研究者なら、自らの手で作り上げたキメラ恐竜は、実子に劣らないほど可愛いものかもしれない。

ましてや実子の可畏とは一緒に暮らしたことがなく、キメラ恐竜のリアムとはずっと一緒に暮らしてきたのだとしたら――。

「う、わ……ぁ……凄い、キラキラ」

再び校庭に目を向けた瞬間、潤は思わず感嘆の声を漏らす。

リムジンから降り立ったリアムの姿に、釘づけになってしまった。

可畏の気持ちを推し量っていたにもかかわらず、とても抑え切れないものがある。

階下から伝わってくる一般生徒の響動めきも、好奇心の段階を越えて、今は明らかに色めき立っていた。

「こ、こっち見てるんですけど」

図鑑に載っていないキメラ恐竜というだけでも目を惹くリアムは、人間としても実に珍しい容姿の持ち主だった。

揺らめく長い金髪と白い肌が印象的で、天空を優雅に舞う純白のプテラノドンの姿を彷彿《ほうふつ》とさせる。身長は可畏ほど高くはないものの、一般的には十分高く、モデルのようなスタイルのよさだ。

しかし特筆すべきは造形そのものではなく、七階からでもわかるほどの煌《きら》めきだった。観賞される宿命を背負った美男――そういっても過言ではないくらい輝いている。

「なんか、キラッキラしてるよな。金髪なのにピンクっぽくて凄い派手だし」

「チャラチャラ長い髪しやがって、女みてえな野郎だな」

「う、うーん……でも背は高いし、ティラノだけに筋肉ムキムキに見えるけど。あ、ああいう髪をストロベリーブロンドっていうのか？　生で見たの初めてかも」

「あの手のタイプが好みなのか？」

「いや、全然。忘れてるかもしれないけど、俺ゲイじゃないから男相手に好みも何もないし」

「説得力のない話だな」

「いやほんとにゲイじゃないから。それにしても意外だったな。ハワイ出身なら可畏みたいな浅黒い肌か小麦色っぽい感じかと思ったのに、凄い真っ白」

顔も滅茶苦茶整ってるし――と続けそうになった潤だったが、可畏の前で他の男を不用意に褒めるのはまずいと気づき、語尾を濁す。

しかし潤の真横では、二号らが無遠慮に「超美形！」「マネキンみたい！」と騒いでいた。

「おい、いいのかそんな……大声で他の男を褒めたりして」

「一号さんたら気にし過ぎ。可畏様はキラキラ王子様系じゃないでしょ？」

「そうですよ。可畏様は天下無敵の暴君竜、キングですから。比べるのも馬鹿馬鹿しい」

二号と三号の言葉に、そりゃそうだけど――と思いつつも内心ひやひやしていた潤は、次の瞬間、信じられないものを目にする。

先程から目を疑ってばかりだったが、驚愕《きょうがく》に高鳴る心臓にトドメを刺すかの如く、リアムの体が浮き上がった。竜泉学院の制服姿で、翼もないのにスーッと難なく宙に浮く。

「ちょ、ちょっと……あれ！　浮いてる！　浮いてるんだけど！」

人間の体が重力に逆らって空を飛ぶ現象に、潤は無意識に後ずさって身構える。

自分以外はさほど驚いていないことを察しながらも、だからといって冷静に受け入れられるものではなかった。

何しろリアムが浮くと彼の背後の恐竜も浮き、午後一時を迎える青空に、翼を大きく広げたティラノサウルス・プテロンの影が出来る。

「……デカ過ぎ、だろ、これ……っ」

離陸したばかりの飛行機を、真下から見上げている感覚だった。

可畏のティラノサウルス・レックスを、地上から見上げる時とはまったく違う。

巨大な物を見上げるのももちろん怖いが、空から迫られるのはさらに恐ろしかった。

ましてや翼を広げて飛ぶプテロンの翼開張は、ティラノサウルスの体長の四倍以上はある。生物としてあり得ない幅の広さに鳥肌を禁じ得なかった潤は、後ずさったまま後方に尻餅をつきそうになった。

「なんて大きさだ……」

これまで黙っていたヴェロキラも声を発し、可畏以外の全員が屋上のフェンスから離れる。人間の潤はもちろん、リアムより小さい肉食恐竜のヴェロキラプトルの四人も、草食恐竜の生餌九人も、誰もが恐怖してじりじりと退いた。

「お久しぶりです、暴君竜。本性も人間の姿も、クリスにそっくりになりましたね」

巨大翼竜のシルエットに目を奪われていた潤は、リアムの実体がフェンスの上部に着地したことに遅れて気づく。

可畏よりも高い位置に立った彼は、豊かなストロベリーブロンドを靡《なび》かせながら微笑《ほほえ》んだ。

こうして近くで見ると本当に美しい男で、髪だけではなく瞳の色にも特徴がある。

長く濃い睫毛《まつげ》に縁取られた華やかな目は、瞳孔こそ黒かったが、虹彩は鮮やかなラズベリーピンクだ。白過ぎる肌には赤みがほとんどないものの、髪や目の色の影響で温かみが加味され、全体的に柔らかい雰囲気に見える。

「この学院は竜人が人間社会に溶け込む方法を学ぶ場だ。お前、いきなり退学になるぞ」

「これは失礼。まだ転入手続きが終わっていませんので、今回は見逃してください」

「影だけ飛ばして、翼竜ぶるのは楽しいか？」

可畏はフェンスの上に立つリアムに向かって、嘲笑《ちょうしょう》を含んだ問いかけをする。

一旦退いていた全員が元の位置に戻りつつあったが、可畏の背中からは拒絶のオーラが立ち上っていた。今この瞬間、彼が非常に不機嫌なのが空気でわかる。

「そんなふうに嘲笑《あざわら》っても……私を傷つけたり屈辱を味わわせたりすることはできませんよ。私は確かに中途半端な翼竜ですが、実体化したら飛べないことに関して劣等感を抱いてはいないのです。翼竜でも恐竜でもある私の個性と、極めてレベルの高いこの飛行能力を、他ならぬ貴方《あなた》のお父様が受け入れてくれましたから」

リアムは日本語など話せそうにない顔をしながらも、流暢《りゅうちょう》な日本語で答えた。

寛容で柔和な微笑みに似合う甘い声は、ティラノサウルス・プテロンの威圧感とは裏腹に、親しみを感じさせる魅力がある。

「ああ……すみません。クリスの息子である貴方にとって、こういう発言は不愉快ですよね？今後は気をつけますので、生徒会のメンバーとして私と部下達を迎えてください。私は貴方と仲よくなって……クリスに素敵な土産話を持ち帰らなければならないんです。何しろ貴方は、彼の大事な実子ですから」

リアムは笑みを絶やさずにいうと、フェンスの上部からふわりと降りた。

足音はなく、靴底を数センチ浮かした状態で止まってから、完全に着地する。

どうやら浮遊の微調整ができるようだった。

宙に浮いたり降りたりすることは、彼にとって自然かつ容易なことらしい。

「暴君竜に握手を求めるのは無理そうです。いい匂いのする君にお願いしましょう」

「――え……お、俺？」

「そうです。君に会うのをとても楽しみにしていました。写真で見るよりも実物の方が遥かに魅力的ですね。生まれながらのベジタリアンだけあって、生臭さが微塵《みじん》も感じられません」

リアムの能力に驚いていた潤は、彼の言動にびくっと肩を揺らした。

これまで可畏と対峙《たいじ》していたリアムは、潤に向かってつかつかと歩きだす。

元々大した距離はなく、狼狽えている間に目の前に立たれてしまった。

身長は自分よりも七センチほど高く見えた。おそらく一八二、三だろう。

風に揺れるストロベリーブロンドの間から、ルビーの如く輝く瞳で見つめられる。

遠目に見るよりも迫力のある美男で、人形のように整った輪郭の中に、どれを取っても飛び切り美しいパーツがバランスよく配されていた。

眉や鼻梁《びりょう》の形が涼やかな分、目と唇には甘さがあり、近寄り難い印象は受けない。

――竜泉に来る前は芸能事務所のスカウトマンに追い回されたり、綺麗だのカッコイイだの褒められてきたけど、なんか、庶民的イケメンの域を出てない俺とは格が全然違うっていうか、すんごいゴージャス……。

握手を求めて右手を差しだしてきたリアムの美貌に、潤は黙って息を呑む。

ゲイではないとはいえ、美醜の区別は男に対しても当然働いていた。

同性の可畏をカッコイイと思うように、リアムを美しいと思う。

美貌に圧倒されて言葉が出なくなるのは初めての経験だった。

つい、右手を制服の上着でごしごしと拭いてしまう。

興奮して手汗が滲《にじ》んでいたりフェンスに触って汚れたりしている手で、気安く触れてはいけないと思った。

「君のことは噂に聞いていましたが、本当に可愛らしい。同い年とは思えませんね」

可愛いとかいわれても嬉しくないんですけど——と内心反論しつつも、これほどの美男に「綺麗」だの「カッコイイ」だのといわれたら嘘くさくて舌打ちしたくなりそうで、潤は「可愛い」の多様性を実感した。リアムにとって日本語は母国語ではないのだし、自分よりも小さい物はすべて「可愛い」で片づけている可能性もある。

深い意味はないと判断し、「どうも」と無難に返した。

「私はリアム・ドレイク。リアムと呼んでください」

改めて握手を求められた潤は、可畏の方をちらりと見た。

可畏はフェンスの前に立って校庭を見下ろしていて、こちらを気にしてはいない。

どうやら、リアムと一緒に転校してきた四人を見ているようだった。

校庭には、四体のアロサウルスのシルエットが見える。

「じゃあ、俺のことは潤で。握手とか慣れてないんだけど、よろしく」

これまでの人生で握手などほとんどしたことがなかった潤は、恐る恐る右手を差しだす。

白人の血が強く出ているクォーターとはいえ、潤は日本で生まれ育った男子高生だ。挨拶《あいさつ》の際に握手をする習慣はなく、酷く緊張した。

――あ……ちょっとひんやり。

桜色の爪が輝く白い手は、人間としてはやや冷たい。

外にいたからとも考えられるが、それは潤も同じことで、リアムは少し前までリムジンの車内にいたのだ。やはり通常よりも体温が低いと思ってよいだろう。そう考えると、なんとなく手を引けなくなった。何故かわからないが、温めてあげたい気分になる。

「潤……君の手は温かいですね。それにとても瑞々しくて、しっとりしています」

「あ、ごめん。拭いたけどまた汗ばんでたかも……あんなデカい恐竜見たの初めてだったからびっくりして……っていうか、圧倒されて変な汗出た」

「私より可畏の方が大きいですよ」

「そうだけど、翼を入れるとジェット機みたいな大きさだろ？　それに飛んでたしさ。なんか凄くカッコよかった。空想上のドラゴンみたいな……口から炎とか吹きそうだよな。そうだ、ゲームに出てくるモンスターっぽい感じ」

口にするなり、モンスターは失言だったかなと心配になる潤に、リアムはにっこりと微笑み返してくる。

「そんなふうに興味を持ってもらえて光栄です。それと、君の汗なら大歓迎ですよ。ベジタリアンの清浄な血液と健康な肉体、そそる香りに、弾けるような若さと美貌……そのうえ声まで美しいなんて、君は本当に魅力溢れる人間です。君の体から出る様々な体液を味わいながら、甘い嬌声《きょうせい》を聴きたくなりますね。君を独占している可畏が羨《うらや》ましくてたまりません」

「な、何いって……変なこというのやめろよ」

握手をしたままの手を振り解こうとした潤は、リアムに導かれて右手を上げられる。

その過程で手を解かれたが、甲を摑まれて再び引き寄せられた。

あ……と思った時には遅く、掌にリアムの唇が触れる。

挨拶的なキスだと思えるものなら思いたかったが、そうではなく、掌に舌を這《は》わされた。

あるかないか微妙な量の手汗を、生命線に沿って強めに舐《な》め取られる。

「――ッ！」

潤が再び可畏の視線を意識した瞬間、目の前に黒い塊が現れた。

ほんの一瞬だったが、美しいリアムの顔が歪《ゆが》む。まるでノイズの入ったテレビ画面のようにパーツがずれて、体ごと左方向に流されるのが見えた。

悲鳴もない。呻《うめ》く声も何もなく、リアムが視界から消える。

電光石火の所業に潤の目は追いつかず、気づけば独りで立っていた。

衝撃が右手から伝わってきたが、それ以上に鼓膜を刺激する打撃音に襲われる。

音は少しあとからやって来て、同時に大きな水柱が上がった。

「可畏！」

屋上のプールの手前に、可畏が背中を向けて立っていた。

右手で拳を作り、血管が浮くほど力を籠めているのがわかる。

水柱が消えるとすぐに、プールの底から白い水泡と真っ赤な血が広がった。

水中で一層赤みを帯びて見えるストロベリーブロンドも揺れ広がり、潤は何が起きたのかを知る。しばらく見ていなかった鮮血の色にたちまち血の気が引き、リアムの体温が残る右手が強張った。

「可畏……なんてことして……っ、殴ったのか!?」

可畏がヴェロキラや生餌に暴力を振るうところを何度も見てきた潤だったが、傍観者として慣れることはない。ましてやリアムは、可畏のサンドバッグになることを受け入れている側近達とは立場が違うのだ。

「リアム……ッ、リアム！　大丈夫か!?」

潤はプールに駆け寄ったが、水に触れる前に可畏の手で止められる。

全身から憤怒のオーラを漂わせる可畏に抱き寄せられ、右掌を拳で拭われた。

手首が大きく反って痛かったが、「痛い！」といってもお構いなしにぐいぐいと、リアムの感触を揉《も》み消される。

「可畏……っ、痛い！　手を放してくれ！」

「他の奴見て目を輝かせんな、といったはずだ」

「だからって何もこんな……翼の生えた恐竜見て驚くのは当たり前だろ！　掌をちょっと舐められただけなんだし、いきなり暴力振るわなくても！」

「うるせえ！　黙れ！」

可畏に怒鳴られた潤は、反射的に痛みを覚悟する。

以前のように殴られることはなかったが、全身で大きく身構えてしまった。

「いくら怪我が治るからって、あそこまでやることないだろ！」

感情が昂《たかぶ》っていた潤は、可畏に抱き留められながらも歯向かう。

自分の迂闊《うかつ》な言動だけではなく、リアムが可畏を怒らせた末の……竜人の間では起こり得る結果だと理解している部分もあった。けれども、可畏がまた暴力を振るったことがどうしてもショックで、感情を上手くコントロールすることができない。

赤く染まったプールの奥では、広がるブロンドが一つに纏まっていた。

リアムは泳ぐことなく水面から顔を出し、そのまま垂直に浮かび上がる。

制服も含めて全身ずぶ濡れだったが、怪我をしているようには見えなかった。

「リアム……！」

濡れてもなお美しい姿で、彼は水面の上に立つ。

顔や体に張りついた長い髪を邪魔そうに掻《か》き上げながら、「フフッ」と笑った。

足が水に触れていないのは明らかだ。

穏やかになった水面に、リアムの体から滴る水が絶え間なく落ちる。

「随分と酷い御挨拶ですね、暴君竜。この学院では人間離れした力を出してはいけないんじゃなかったんですか？」

「ここは俺の学院、俺がルールだ。似非《えせ》翼竜、お前に一ついっておく。お前がクリスチャン・ドレイクと親子ごっこをしていようと、そんなことはどうでもいい。お前にとってそれが自慢話だっていうなら、クソ寒いドヤ顔で好きなだけ語れ。だがコイツには手を出すな。たとえ汗一滴でも他人に譲る気はない」

「父親よりも恋人の方が大切ですか？」

「当たり前のことを確認する意味があるのか？」

プールサイドから水上のリアムと対峙した可畏は、問い返すと同時に潤の体を抱え上げる。

決して小さくも軽くもないはずの体は、仔猫のように軽々と宙に浮かされてしまった。

潤は反射的に「降ろしてくれ！」と叫んだが、実際には叫ぶほど嫌なわけではない。

――俺に執着してくれるのは……いいんだけど、でもやっぱり、暴力は……。

ヴェロキラや生餌の間を抜ける可畏に運ばれながら、潤は複雑な気持ちで唇を引き結ぶ。

可畏と自分はこのくらいのことでどうにもならないが……しかしリアムは今、いったい何を思っているのだろう。「父親よりも恋人の方が大切ですか？」と可畏に問う彼が、心の底ではどういう気持ちを抱えているのか、できることなら知りたかった。

──人間としては綺麗で完璧に見えるけど……でも、翼があっても恐竜化したら飛べなくて、似非翼竜とかいわれて……親って呼べる存在が最初からいないような感じで、慕ってるっぽいクリスチャン・ドレイクには実の息子の可畏がいて……なんか……リアムはリアムでちょっとかわいそうな立場というか……とりあえず、本心を晒してない感じがした。

リアムの口ぶりからして、同情されることは本意ではないだろうが──しかし自分の立場に置き換えて考えずにはいられない。

もしも自分が同じ立場だったら、親代わりの人の愛情が欲しいと思うだろう。実の息子を羨ましいと思い、嫉妬することもあるかもしれない。

それほど好戦的なタイプには見えないにもかかわらず、可畏の恋人に粉をかける行動原理が読めなかった。短い間のやり取りだったが、言動の大半が芝居染みているようで違和感があり、狐に摘まれた気分になる。

可畏に担がれて校舎の七階にある会長室に連れていかれた潤は、扉が閉まるなり暴れた。そんなことをしても無駄だということも、暴れれば暴れるだけ痛い思いをするのもわかっていたが、自分の怒りを表現してみる。

「掌ちょっと舐めるくらい、そんな大したことじゃないだろ？　そりゃお前の立場なら怒っていいとは思うけど、文句があるなら割って入って口でいえば済むことなのに、なんでいきなり殴るんだよ！」

怒鳴ってはみるものの、本当はもう、興奮が冷めて落ち着いていた。

恋人にちょっかいを出されて、腹を立てる可畏の気持ちは十分にわかる。

リアムに対して親絡みの妬心を抱えていることも、一応理解しているつもりだ。

しかし目下可畏に不満をぶつけたり叱ったりできるのは自分だけなので、潤はあえて怒りを抑えなかった。最初に起きた感情をストレートに露《あら》わにする。

「つーか、降ろせよ！　俺は荷物じゃないんだから！」

四十畳ほどの広さがある会長室を担がれながら突っ切った潤は、ソファーやキングサイズのベッドに落とされることなく、脱衣所に連れ込まれた。

床に降ろされるなり「手を洗え」と威圧的に命じられ、右腕を引っ張られる。

蛇口のセンサーが反応し、自動的に水が出た。

冷えていた手をさらに冷たくされることで、潤は水に浸かったリアムの寒さを想像する。

「竜人は寒いの得意じゃないのに、冬の屋外プールに投げ込むなんて酷過ぎるだろ⁉　新品の制服ぐっしょり濡れてたし、あの長い髪だって乾かすの大変だと思うぜ！　こうやったらどうなるとか、ちゃんと先のこと考えて行動してんのか⁉　あれじゃ転校生イジメだ！」

一応手を洗いながらも鏡越しに怒鳴った潤は、いつ殴られるかと怯えつつも口を止めない。

くどくどうるさくいっている自覚はあったが、それ以上に、可畏を立派な竜王国の王にしなければという使命感があった。

「あんな綺麗な顔を殴るとか、ほんとよくできるよな。真っ新《まっさら》な雪原見ると足跡つけたくなるタイプ？　俺はそのまま綺麗に取っておきたい方だし、竜人の強弱とかよくわかんないから、ああいう綺麗な人とか、二号さん達みたいな可愛いのが殴られるのは特につらいっていうか、普通以上に見たくな……」

「お前の方が綺麗だ」

「――ッ」

食い気味にいわれた潤は、顔を後ろに向けられる。

黒い瞳に射抜かれながら、「お前が一番綺麗だ」とさらにいわれた。

そんなわけない、そういうのは痘痕《あばた》も靨《えくぼ》ってやつだ、そもそも男が男に綺麗っていわれてもあんまり嬉しくないんですけど――と、頭の中でいい返してはみるものの、実際には体温が急上昇して顔がカーッと熱くなり、迫りくる唇を拒めなくなる。

「ご、誤魔化されないからなっ」

「本音をいったまでだ。読めるもんなら、俺の心を読めばいい」

「——っ、う……」

洗面台に寄りかかる形でキスをされ、やはり拒めずに舌まで受け入れてしまう。

可畏がリアムに暴力を振るったことに関しては本気で抵抗があり、どうしたって慣れないが、しかしそれと切り離して考えれば、嫉妬されるのは悪くない。

ストレートに好きだといわれているのと同じで、幸福感が胸の底から広がっていった。

「ん、ぅ……は……」

誤魔化されないといいつつも、キスをされると流されてしまう。

自分は可畏のことが好きなんだと、改めて思い知らされた。

弱者への暴力を含めて、他にも色々と受け入れられないところはあるのに、それでも可畏に好意を向けられると嬉しくなり、唇を合わせれば気持ちが膨らむ。

——悪い男に惚れちゃったよな。

浮気はしないまでも、美少年を侍らせて体を洗わせる日課があり、そのくせ独占欲が強くて嫉妬深い。すぐに手が出て、場合によっては流血沙汰《ざた》を起こす。

人間の常識で考えれば、ヤクザやマフィアのような恐ろしい男だが、本当はとても淋しがり屋で……寝る時も起きる時も独りではいられず、身内殺しの罪を抱えて毎晩うなされている。

そしてようやく手に入れた愛情を、大事にしている男でもある。

彼の大切なものがこの胸にある愛情なら、惜しまず見せてあげたい。

今も変わらず、ちゃんとここにあるよ——と、心を開いて全部見せたい。

「ん、ん……ぅ」

潤は自らの愛情を示すべく、可畏のうなじに触れて口づけを深めた。

男にとって、女に性的に求められるのは幸せなことだ。

それがないと、男は他のことでどんなに満たされていても傷ついてしまう。

そういう男心は自分も男として理解できるので、熱烈に可畏の唇や舌を求めた。

——男に求められて幸せを感じる女心も、最近かなりわかるかも。

抱いてほしいと求められたい男心も、抱きたいと迫られたい女心も、どちらもわかるようになって——そのうえ、男に求められ過ぎていささか困る女心まで理解してしまった潤は、苦笑しつつ可畏の愛撫《あいぶ》を受ける。

「く、ふ……」

器用に動く指先でネクタイを解かれ、シャツのボタンを外された。

胸に直接触れられ、淡い突起を指先で転がされる。

「ふ、あ……っ」

可畏とキスをしただけでスイッチが入った体は、触れられた途端に綻《ほころ》んだ。

性器はもちろん、後孔の奥までズキンと反応する。生来の性別に従った勃起《ぼっき》だけではなく、濡れるという感覚まで習得した自分の体が、時々少し怖かった。

「……六限は受けたいから、最後まではナシで」

「お前が決めることじゃない」

「俺の信用を失ってもいいなら、ご自由に」

洗面台の平らな面に座らせられた潤は、身を沈めた可畏に睨み上げられる。

胸に唇を寄せながらベルトを緩められ、張り詰めた所を下着越しに撫でられた。

つるりとした生地のはずが、可畏の手が滑らかに動かないくらい濡れてしまっている。

「こんなに濡らして、最後までやらずに済むのか？」

「済むといいなぁとは思ってるよ」

「無理だろ」

「……うん、無理かも」

潤の答えが気に入ったのか、可畏は少し笑ってもう一度キスをしてくる。

可畏の唇は立体的で弾力があって、とても肉感的だ。こういう時の視線もまた、酷く性的でぞくぞくする。「目が合っただけで妊娠しそう」なんて冗談も、この男が相手ならあり得るんじゃないかと思うくらい、その気にさせられてしまった。

「あ、あ……っ、ぅ……」

下半身だけを剝《む》かれた潤は、2ボウルの洗面台の中央で口淫《こういん》を受ける。

可畏はベジタリアンの潤の体液を、栄養素として摂取する意味でも、愛情を伝える意味でも、ことさら口淫を好む傾向があった。

近頃は床に膝をつくことも厭《いと》わず、しゃぶりついてねっとりと時間をかけて愛撫してくる。

「ん……う、は……っ」

「──ッ、ゥ……」

靴下越しに足首を摑まれ、大胆に足を開かれた。

うなじや背中が後方の鏡に当たって、ひやりと冷たくなる。

それでも下半身はやたら熱くて、その熱だけで体全体が燃えているように感じられた。

可畏の口に含まれた性器や、徐々に暴かれていく後孔がじくじくと火照る。

少しでも気を抜くと発火しそうな、危うい火種があった。

「あ、駄目……だって、そっちは……」

腰を抱かれてより深く座らせられた潤は、可畏の指で後孔を撫でられる。

唾液《だえき》や潤の滴りを纏った指が、窄《すぼ》まりの表面をゆっくりと行き来した。

入りそうで入らない程度に爪の先をほんの少し埋め込まれ、挿入を覚悟した体が肩透かしを食らって焦らされる。今度こそ深々と挿《い》れられるかと思っても、また期待を裏切られてクチュクチュと表面ばかりを弄《いじ》られた。

「――っ、可畏……」

強請るように名前を呼ぶと、中指の第二関節まで挿入される。

しかしそのまま深く突かれることはなく、つぷんと抜かれてしまった。

「ん、う……っ、ぁ！」

「こっちは駄目だったんじゃないのか？」

「……駄目だけど……ちゅ、中途半端に、されるのは……」

まだ触れられていない前立腺が、きゅうっと収縮する。

それにより尿道が圧迫されて、射精したくてもできない歯痒《はがゆ》さに悶《もだ》えた。

長くて太い指を挿入されたくて、離れ離れになった両膝がぷるぷると震える。

可畏の指で奥を弄られるのがどんなに気持ちがいいか知り尽くしている体に、我慢を強いること自体無理があった。

今が授業中であろうと真っ昼間であろうと関係なく淫靡《いんび》な快楽に浸り、より一層足を開いて可畏を求めてしまう。

「口でいってることと、やってることが違うぞ」

「言葉通り拒んだ方が、よかったか？」

「いや」

「俺は、お前と違って素直なんだよ」

「いい子だ。褒美をくれてやる」

「——あぁ、あ……！」

ようやく指を挿入された潤は、びくんと弾けて鏡から背中を離す。

その勢いで可畏の両肩に手を伸ばすと、再び性器を食《は》まれた。

過敏な膨らみの先端に空いた孔を、舌先で執拗《しつよう》に穿《ほじく》られる。

体内では指が蠢《うごめ》き、中指に続いて人差し指まで挿入された。

「ふ、は……あぁ……」

洗面台の際に座りながら、潤は可畏に与えられる快楽と愛情に酔う。

可畏の指は前立腺を的確に揉み解しながらも、明らかに後孔を拡張していた。

彼が繋がりたがっていることも、繋がるために丁寧に準備をしてくれていることも嬉しくて、
潤は可畏の肩や首、髪や耳を繰り返し撫でる。

「——可畏……も、う……達《い》く……ッ」

二点を同時に責められた潤は、丸めた背中を震わせた。

息を詰め、可畏の喉奥《のど》に無遠慮に放つ。

「く、ぁ……あ——っ！」

燻《くすぶ》っていた熱を完全燃焼させる充足感は凄《すさ》まじく、悦楽の笑みが零れて止められなかった。

気持ちがよくて、たまらなく可畏が愛しくなる。

世間的にいわれている通り、セックスは愛を確かめ合ったり高め合ったりできる行為だ。それを骨身に沁みて実感するほど、可畏との行為に満たされる自分がいた。

「可畏……っ、あ……ぁ……」

吐精した物を一滴残らず飲み干されるのはもちろん、管に残った物まで吸い上げられながら後孔を突かれる。

最早そこは指では足りなくなって、もっと熱い物を求めて可畏の指に縋《すが》りついていた。異物を排除するような動きではなく、ひたすら内へ内へと誘い込む蠕動《ぜんどう》を見せる。

「ふ、う……ぅ、もう……」

指はもういいから、アレを挿れて——そう目で訴えると、性器をしゃぶっていた可畏が顔を上げる。

視線が繋がって黒い瞳に囚われるなり、口が勝手に「可畏……」と、この上なく甘ったるく彼の名を呼んでしまった。

名前を呼んだだけにもかかわらず、「早く抱いて」と強請っているかのようなニュアンスに、恥ずかしくて頭がくらくらした。

「どうしてほしいんだ？　ちゃんといってみろ」

「あ、っ、ぅ……」

可畏は鈴口から零れる残滓《ざんし》を舐めつつ、潤の体内に挿入した指を蠢かす。

午後の授業はとっくに始まっていて、このままだと放課後まで長引くのがわかっていたが、こうなったらもう、可畏も自分も止まらない。

最後までしたい気持ちで頭がいっぱいになり、潤は洗面台に両手をついて腰を浮かせた。

「もっと、気持ちいいこと……したい」

「ここでしたいのか?」

「――ベッドで」

素直に答えると、身を伸ばした可畏に唇を塞がれる。

後孔に挿れた指もそのままに、太腿《ふともも》から一気に掬《すく》い上げられた。

脱衣所を出て天蓋《てんがい》付きのベッドまで運ばれ、上着もシャツも靴下も脱がされる。

潤も可畏の制服に手を伸ばし、彼が脱ぐのを手伝った。

「俯《うつぶ》せに寝ろ」

「うん……」

潤がいわれた通りにすると、可畏はヘッドボードの抽斗《ひきだし》から潤滑ゼリーを出す。

俯せに寝た潤の谷間にたっぷりとゼリーを塗りつけ、表面も内部も潤した。

皮膚を通して他者の血液を吸い上げる能力がある可畏にとって、血塗《まみ》れのセックスは栄養と快楽の両方を得られる最上級の行為のはずだったが……今はもう、出血を伴うようなやり方はしない。潤が苦しまずに共に感じられる行為こそが、可畏にとっての最上級になっていた。

――乱暴なところもあるけど、俺には優しいし……リアムに向けた独占欲丸出しの言葉だって、やっぱり結構キュンとくるし。結局好きなんだよな、俺。コイツのことが、凄く好き……。

潤はハフッと息をついて、これから訪れる衝撃に備える。

ベッドに伏せた恰好で腰を後ろに引かれ、ゼリーを纏った屹立《きつりつ》を突き立てられた。

著大な一物をゆっくりと埋め込まれ、様子を見ては引かれる。

慎重な可畏の動きに合わせながら、潤は浅い呼吸を繰り返した。

進む時に力を籠めないよう気をつけて、一番きつい最初のストロークを乗り越える。

本来受け入れるための場所ではない所で、極めて大きな物を受け入れるのだから――たとえどんなに丁寧にされても多少の痛みはあった。

「は、ぁ……痛ぅ……うあ、ぁ！」

深い所で繋がると、ただそれだけで気持ちも行き交う。

自分が可畏を好きなことも、可畏が自分を好きなことも、疑う余地のない当たり前のことになって……そう信じていられるこの瞬間が心地好かった。

「可畏、あ……ぁ……」

「潤……ッ」

ずくずくと押し寄せる快楽に抗《あらが》い、官能的な時間をより長引かせるためにシーツを握ると、手の甲を可畏の掌で包まれる。

いつ見ても大きいと感じる手は、振り上げられれば甚だ怖く、そっと触れられれば頼もしいものだった。今はとても好きで、いつも近くにあってほしい手だ。

「ふ、ぁ……可畏……可畏……っ」

「潤……あとで、話がある」

「――っ⁉」

背中に覆い被さって身を低くした可畏の吐息が、潤の耳を擽《くすぐ》る。

最高にイイ時に、ともすれば集中力を切らすようなことを囁かれたが、潤の気持ちが萎《な》えることはなかった。むしろ、可畏の言葉により一層心を摑まれる。

「う……う、ん……あ、あぁ……！」

潤は腰を上げて可畏の抽挿を受け止めながら、嬌声を抑えずに漏らした。

出会った頃は言葉より先に手が出る男だった可畏が、改めて「話がある」といったことに、胸が熱くなるような充足感を覚える。

よい話だとは限らないのに、直感的に大丈夫だとわかった。

自分を抱く可畏が優しくて、体の奥まで突き立てられている彼の分身が熱くて、硬くて――繋げた体に確かな気持ちが行き交っているから、不思議なくらい安心していられた。

《三》

六限目が終わる頃、潤はシャワーを浴びる気力もなくベッドで微睡《まどろ》む。

ここは寮ではなく校舎の屋上に当たる七階で、下の階では一般生徒が授業を受けていた。

それなのに自分ときたら、裸でシーツに包まれ、さらに寒くないようにと……ビキューナの温かい毛布をかけてもらった状態でうつらうつらしている。

駄目人間だな——と思う面もあったが、反省よりも幸福感の方が強かった。

抱かれている間は快楽に酔って、今が最高だと思うのに、事後は事後で、このゆったりした時間こそが最高だと思ったりする。

「……ごめん、うとうとしてた」

六限目の終了を告げる鐘が聞こえてきて、潤は微睡から覚醒する。

まだ眠かったが、気合を入れてどうにか起きた。

ベッドの際には洋書を手にした可畏が座っていて、その姿を見るなり、話があるといわれていたことを思いだす。

「それは？」

マットに手をついて身を乗りだした潤は、可畏が持つ本のタイトルを見ようとした。

しかし英語ではなく、何語かすらもわからない。

「クリスチャンからもらった本だ」

「お父さんに？」

「好きな本だといっていたが、俺には退屈なSF小説だった」

可畏はガウン姿でそういうと、厚い本の表紙を開いた。

挟まっていた二枚の写真が現れたが、重なっているため下側の写真はほとんど見えない。

上になっているのは、写真館で撮ったと思われる正装姿の立派な写真だった。

「――これは……」

父、母、息子の可畏――家族写真だと一目でわかるが、母親が写っていたと思われる部分は、胸から上が切り抜かれている。その下にある写真の背景の緑色が、歪《いびつ》な穴から覗《のぞ》いていた。

「可畏は、本当に父親似なんだな」

潤は母親のことには触れず、クリスチャン・ドレイクと幼少期の可畏の姿に視線を注ぐ。

写真の中の可畏は、小学校入学前くらいのようだった。

これが普通の日本人の男児なら、七五三の時の写真だと考えるだろうが――そんなふうには見えなかった。

浅黒い肌をした可畏は異国の少年に見えるうえに、子供ながらにスーツを当たり前のように着こなしている。特別に飾りつけた印象はまったくなかった。

「なんか凄いな。子供の頃からカッコイイ。お父さん、この時いくつくらい？」

「十二年前だから、二十六だな」

「へー凄い若いお父さんなんだな。可畏の八年後の姿ってこんな感じかな？　やばいなこれ、マジでカッコイイ」

潤はシーツに包まったまま、今の可畏に笑いかけた。

可畏が何を求めているのかを考えないわけではなかったが、あまり身構えないようにして、率直な感情を向ける。

実際のところ、写真の中のクリスチャン・ドレイクは非常に魅力的な青年で、可畏の将来の姿として見事に嵌《はま》っていた。

素人目にも上等な品だとわかるスーツを着こなし、実に堂々と立っている。

漆黒の髪と浅黒い肌、くっきりした白眼と黒瞳。肌の色は可畏よりもやや黒く見えた。目を細めて優しげに微笑んでいるため、威圧感や野性味はさほど感じられないが、内側から溢れんばかりの自信に満ちている。

——八年後……二十六歳の可畏の横に、俺は……ちゃんといるのかな？　写真とかあんまり好きじゃなかったけど、こうしてあとで見れるのって、なんかいいな。

先々のことに想いを馳《は》せる潤の気持ちを知ってか知らずか、可畏は一枚目の写真を摘まんで浮かせる。

その下にあった緑色の背景の写真には、子供が二人並んでいた。

いわゆる普通のスナップ写真で、写っているのは夏物の服を着た幼少期の可畏と、もう一人、ストロベリーブロンドの美少女のような、飛び切り可愛らしい男の子だった。

一枚目の写真よりも前の物で、可畏も少年も幼稚園児くらいに見える。

「これ、リアム⁉」

「ハワイ諸島のさらに北側にある竜人の島……ガーディアン・アイランドに行った時の物だ。アイツと会ったのは一度だけ。一緒に遊べといわれたが、この通り嫌でたまらなかった」

可畏は幼い自分の顔を指で示し、写真と同じ表情を浮かべた。

潤は改めて写真の中の二人を見比べ、そこに映しだされた過去を思う。

森の中で、不機嫌そのものといった様子で外方《そっぽ》を向いている可畏と、カメラに向かって行儀よく立ち、あざとい印象を受けるほど完璧な笑顔を浮かべているリアム。

滅多に会えない父親に会いにいったら他の子供がいて、「一緒に遊びなさい」といわれても納得できない可畏と、養子のような存在だからこそ、必要以上に愛想よく振る舞うリアム――そんな場面を切り取った一枚に見えた。

潤はどちらに対しても気持ちを寄せ、そして引きずられる。

可畏の恋人として可畏の肩を持つべきだとわかっているが、内心ではリアムにも同情した。人間の感覚でいえば、血は水よりも濃いとされる。実子の方が努力せずとも最初から優位な立場にあるのは、竜人の世界でも同じに思えた。

「自分の親が、余所《よそ》の子供を可愛がったらムカつくよな」

潤はリアムに対する同情の念を隠して、幼い可畏への共感を見せる。

過去の自分の感情を告白してきた可畏に、「リアムもつらいと思う」などと、いい子ぶったことを語る気はなかった。

「……俺には二つ下の妹がいるけど、実の妹にだって親を取られたみたいでムカつくもんだし、そんなの誰でも普通の、すっごく当たり前のことだから、そんなんじゃねえとか否定しなくていいんだからな。否定しても、俺には本心わかっちゃうし」

「また俺の心を読んだのか？」

「ちょっとだけ流れ込んできた。……リアムに手とか迂闊に触らせたりして、ごめん。可畏のお父さんとリアムの関係は知らないけど、俺までリアムに愛想よくしたり無防備にしてたら、そりゃ気分悪いよな」

「よくはねえな」

可畏が素直に認めたので、潤は額と額が当たりそうな位置まで身を寄せる。

至近距離に迫る可畏の目を見て、「ごめん」ともう一度謝ってからキスをした。

唇と唇を触れ合わせる軽いキスだったが、性的なキスとは違う趣がある。

「転校生には優しくとか、そういうことというのはもうやめる。けど……やっぱり暴力は見てて
つらいから、極力ナシの方向で。あっちはあっちで実子に対して思うところがありそうだし、
俺はできるだけリアムと接触しないよう気をつけるから、荒っぽいことしないでくれ」

「それがお前の望みか？」

「そうだよ。竜ヶ島で……『お前がいればそれでいい』的なこと、俺にいってくれただろ？

俺はこうしてちゃんとそばにいるからさ、可畏は人前では余裕かまして……最強無敵の暴君竜
らしく堂々としてればいいんだ」

お前の本音は俺が知ってるから。俺には甘えていいから——続く言葉を視線と指先に乗せた
潤は、可畏の髪に指を忍ばせて頭の形をなぞる。

そうしながら膝を進めて正面から迫り、逞しい肩に頭を乗せてみせた。

さらに額を、鎖骨の辺りにぐりりっと押しつける。

「何やってんだ？」

「ぴと虫だよ。お前のこと、しみじみ好きな時のポーズ」

「変な奴だな」

「甘えてるんだよ」

「——なんで虫なんだ？」

「なんとなく。あ、猫の『ごめん寝』にも似てる気がする」

「そっちのが合うな。お前は猫っぽい」

「肉食じゃないのに」

潤はくすっと笑うと、可畏の首に両手を回して露骨に甘えた。

プライドの高い可畏を傷つけないよう、まずは自分が甘えることで可畏の気持ちを解す。

そうでもしないと、甘え下手な可畏はなかなか甘えられない。

常に強くなくてはならなかった可畏にとって、甘えは弱みを見せるのと同じことだ。

いつもずっと、誰にも甘えられずに強さだけを誇示してきた。

そういう形でしか、身を守ることができなかったから――。

「潤……竜ヶ島で俺が殺した女は、コイツだ」

可畏は潤をベッドの中で抱き寄せると、家族写真に空いた穴を指差す。

指先が触れているのはＳＦ小説の扉の一部で、空虚なグレーの紙に過ぎなかった。

可畏の母親の竜嵜帝訶は豪華なドレスを纏っているが、髪すらも切り抜かれていて、どんな女性かはわからない。

潤の脳裏には、竜ヶ島で一瞬だけ見た全裸の女性の遺体が浮かんだ。

生きている時の姿は、ティラノサウルス・レックスに変容している状態しか知らない。

食われた時の痛みと、無数の牙の向こうに見えた景色は今でも忘れていなかった。

この写真に写っている顔のない女性の喉を、自分は確かに通ったのだ。

「この女は、ただの鬼女だ」

「――可畏の母親、だろ?」

「ただの鬼女だと思いたい」

そう答えた可畏は、いきなり本を閉じる。

二枚の写真は押し潰《つぶ》されるように強く挟まれ、尖《とが》った角だけがはみだした。

「お前の母親に会いたい。近々会えるか?」

「……っ、え、俺の?」

可畏の思考回路が読めなかった潤は、まさかの要求に戸惑う。

言葉通りに受け止めていいのかわからなくなり、「なんで?」と、眉を寄せてしまった。

「お前の母親に興味がある」

「興味……」

「どういう人物か話には聞いたが、実際に会ってみたい」

枕に寄りかかる恰好の可畏は、洋書をサイドテーブルの上に放る。

潤にしてみれば自分の母親に興味を持たれても困るのが本音だったが、しかしその一方で、可畏が本来は餌である人間に興味を持つことや、そういう気持ちを口にできていることに感慨深い想いもあった。

「会うのは全然いいんだけど、会ってどうするんだ？」

「母親ってもんが本来どういうものか、この目で見て確かめたい」

「可畏……」

何がどうなっているのか読めなかった思考の流れが、その一言で読める。

母殺しの罪で毎夜うなされる可畏の苦悩を知る潤は、返す言葉を失った。

起きている時は平気な顔をして、うなされていることなど憶えていない振りをしながらも、本当はずっと苦しんでいたのだと思うと胸が痛くなる。

可畏は自分なりの方法で……おそらくは、あれは母親でもなんでもないただの鬼女だったと自分自身を納得させるために、まともな母のイメージを固めようとしている。

それはあえて誤認識を促して己の心を救済する手段——ある意味では逃避とも考えられるが、避けられない殺し合いを繰り広げた相手を母として認識し続けることは、どう考えてもつらい話だ。そんな現実に、可畏が苦しみ続ける必要はない。

「今度の週末、うちに泊まってみる？　物凄く狭いけど」

潤は可畏の気持ちを楽にしたい一心で、より深く踏み込む提案をした。

可畏は驚き、ただでさえ広い白眼の領域をさらに広げる。

「泊まり？」

「ちょっと会うより色々わかるだろ？」

潤は可畏の腕からすり抜けて、裸のまま毛布の下に滑り込む。

自然と誘う動作になり、可畏も身を沈めて覆い被さってきた。

「そんなに簡単に泊まらせていいのか？」

「うん、全然問題ない」

正直、問題は多少あった。

母親と妹からゲイ疑惑をかけられているため、「単なる同級生」には到底見えないであろう可畏を家に連れていったり、ましてや泊まらせたりしたらどう思われるか少しは気になるが、可畏の気持ちを考えれば、やはり大した問題ではないと思える。

「恐竜になってマンション破壊したりしないだろ？」

「俺は怪獣じゃない」

「似てるけどな」

再び笑った潤は、可畏のバスローブの下に手を忍ばせる。

肌の熱さを掌で感じながら、今度は深い口づけを求めた。

願わくは、可畏が一日も早く穏やかに眠れる日が来ますように——今は何より、自分の胸に刻まれた願いを叶えたかった。

《四》

私立竜泉《りゅうせん》学院に、キメラ恐竜ティラノサウルス・プテロンのリアム・ドレイクと、その側近四名が転校してきてから四日後——初日以降、転校生とは接触を持たずに週末を迎えた竜嵜《りゅうざき》可畏《かい》は、沢木潤《さわきじゅん》の実家があるマンションを訪れていた。

学院から大して離れていない潤の実家に、初訪問でいきなり宿泊することが常識的ではないことくらいわかっていたが、潤の誘いに乗って泊まる予定でいる。

普通の人間の場合、友人の家に宿泊するのに何が必要になるかは、人任せにせずに調べた。相手が恐縮しない程度の菓子折りと、極力面倒をかけないための着替えや洗面用具をリストアップし、側近のヴェロキラに揃えさせたあとは自分でもチェックした。

庶民の家に運転手付きのリムジンで乗りつけるのはよくないと判断し、だいぶ離れた場所で車を降りて、そこからは潤と共に歩いてきたので、現時点で特に誤りはないはずだ。

この訪問の最大の目的は、母たる者を知り、自ら葬った実母を「母ではないただの鬼女」と認識し直すことだが、それ以前にまず、可畏には潤の母親に礼を尽くす気持ちがある。

「ここがうち。十年くらい前にリフォームしたけど、マンション自体古いし本当に狭いんだ。びっくりしないようにな。一番広いリビングでさえ寮のクロゼットルームより狭いし、風呂も寮のトイレより小さいけど……庶民にはこれくらいが普通だから」

同じ扉がずらりと並んだ廊下で、潤は念を押してくる。

だからどうしろとまではいわなかったが、暗にいいたいことが伝わってきた。

稼ぎ頭の夫を亡くして女手一つで子供二人を育てている母親の前で、狭いだとか汚いだとか、そういう失礼な発言をしないでくれといいたいのだろう。

「一般家庭の狭さは知ってる。余計なことはいわねえから心配するな」

「う、うん」

「お前の匂いが染みついた家なら、どんな豪邸より居心地がよさそうだ」

「そういうこと人前でいわないようにな」

潤は忠告しつつも笑って、扉の横のチャイムを鳴らした。

モニターを通して、「はーい、今開けるわねー」と明るい声が聞こえてくる。

その声に、可畏はこれまでに感じたことのない種類の緊張を覚えた。

アジアの竜人を束ねて竜王国を作り、その王となるべく生きてきた自分が、なんの力もない人間の中年女性を相手に、こんなに緊張する日が来るとは思ってもみなかった。

この緊張は恐怖にも似ていて、自己分析してみると答えが明確になる。

自分が恐れているのは、彼女の前で失敗をすることだ。

潤を産んでくれた一人の女に、自分でも信じられないほど感謝している。

だからこそ彼女に嫌われたくないと思っていることを、改めて自覚した。

「こんばんは、ようこそ……って、あら……まあ！」

扉を開けながら挨拶《あいさつ》をしてきた潤の母親――沢木渉子《しょうこ》は、潤とは似ていないが、それなりに若く美人に入る部類の女だった。

きめ細かな肌は年齢のわりに潤っていて、健やかな黒髪には艶《つや》がある。

肉や魚を摂取しているため生臭さが加わっているが、それでも確かに、潤との血の繋《つな》がりを感じさせる体臭の持ち主だ。

「初めまして、竜泉学院の生徒会長を務めます、竜嵜可畏です。息子さんとはルームメイトで、何かとお世話になっています」

扉を押さえたまま呆然《ぼうぜん》と固まっている渉子に向かって、可畏は少しばかり微笑《ほほえ》んでみせた。

しかし彼女は固まったまま動かず、どことなく怯《おび》えているようにも見える。

「母さん何ぼんやりしてんだよ」

潤が割って入ろうとしていたが、可畏はあえて自分から渉子に近づき、手にしていた紙袋を差しだした。

室内で渡す予定だった物を今ここで渡すことで、張り詰めた空気を和らげようとする。

「玄関先で袋のまま申し訳ありません。皆さん揃って栗がお好きだと伺いましたので、季節の物をお持ちしました。お口に合うといいのですが」

「あらま……すみません、わざわざありがとう。気を遣わせちゃってごめんなさいね」

「いえ、こちらこそ。お休みの日にお邪魔してすみません」

「全然いいのよ、むしろ大歓迎。栗は好きだけどなかなか手が出ないんで嬉《うれ》しいわ、遠慮なくいただきますね……っていうか、潤から聞いてはいたけど、竜嵜くん本当に背が高くてカッコイイのねぇ！　外国のトップモデルみたい！　こんな大人っぽい高校生見たことなくて、オバサンびっくりしちゃった」

可畏の試みは成功し、渉子は肩の力を抜いて紙袋を受け取る。

「さあ入って入って」と気さくにいうと、扉を大きく開けて潤と可畏を迎え入れた。

恐竜の影が見えないとはいえ、普通の人間は竜人を本能的に怖がる傾向があるが、さすがは潤の母親といったところか。見た目よりも神経が太そうに見える。一度は怯《ひる》んだもののすぐに切り替え、受け入れ態勢を取っていた。

「お邪魔します」

「どうぞどうぞ。天井低くてごめんなさいね。身長いくつ？」

「一九〇です」

「うわ、ほんとに大きいのね。鍛えてるし、部活とか何かやってるの？」

「生徒会の業務が忙しいので、趣味で時々泳いでいるくらいです」

「趣味だなんて勿体《もったい》ない。凄《すご》い速そう。バタフライできる？」

「はい、それなりには」

「カッコイイわねぇ、想像するとドキドキしちゃう」

はしゃぐ渉子に誘われるまま、可畏は潤と共に部屋に上がる。

申し訳程度の廊下は短く、西日の射し込むリビングダイニングも驚くほど狭かった。

テーブルは最大四人しか着けない小さな物だ。テレビの前に置かれたソファーも小さい。

辛うじて三人座れる物が一つあるだけで、客と顔を突き合わせて歓談するためのソファーは置いていなかった。

天井の高さは庶民の住まいとしては平均的だが、長身の可畏には息苦しく感じられる。

閉所恐怖症は潤と一緒にいれば発症しなくなったが、それでもやはり窮屈で圧迫感があり、部屋に入るなり椅子《いす》に座りたくなった。

「可畏……大丈夫か？　ちょっとジャンプしたら天井に頭届きそうだな。ドア枠にぶつけないよう気をつけないと」

潤はそういってダイニングテーブルの椅子を引くと、「座って」という。

特殊能力で心を読んだわけではないだろうが、いつも察しがよく、反応が的確だった。

波長が合うというよりは、自然に読み取って合わせてくれているのがわかる。

「潤も座ってお相手しなさい。すぐお茶淹《い》れるから」

「あ、うん。よろしく」

「すみません、失礼します」

「火曜日に珍しく潤から電話があって、『長身イケメンの御曹司《おんぞうし》の友達連れていくから』とかいわれた時は、潤よりイケメンがこの界隈《かいわい》にいるのかしらーくらいに思ってたのよ。今思うと凄い親馬鹿だったわ。いる所にはちゃんといるのねぇ」

「そりゃいるだろ。つーか恥ずかしいから自分の息子をイケメンいうな」

「そういうけど、潤は潤でイケメンなのは事実じゃない？　美少年っていうか、竜嵜くんとはジャンルが違うってだけで、十分イケてるわよね。竜嵜くんもそう思うでしょ？」

「同意を求めんなよっ、おかしーから！」

可畏の隣に座った潤は、歯を剝《む》く勢いで文句をいう。

学院での話し方とは少し違っていて、可畏には二人のやり取りが新鮮だった。

自分も母親に反抗することはあったが、根本的にまったく違うと感じる。

当然といえば当然だが、本気で怒っていても潤の中に憎悪はない。

母親に対する侮蔑《ぶべつ》もなければ、もちろん殺意もなかった。

「凄い御曹司が来るっていうから、うちの店で一番いい茶葉買ってきたのよ。あ、私は料亭で経理の仕事してるの。芸能人とかも結構来るんだけど、竜嵜くんのが断然カッコイイわ」

粗茶ですがとはいわずに緑茶を出した渉子は、可畏の正面の席に着いた。

興味津々《しんしん》といった表情で、畳みかけるように次々と質問してくる。

可畏はそれに無難に答え、横では潤が「あまり根掘り葉掘り訊《き》くなよ」と再び怒り、渉子は「あらごめんなさい」と謝りつつも、性懲りもなくあれこれと訊いてきた。

可畏に関する質問もあったが、多くは竜泉学院の高等部や大学、寮に関する質問で、可畏のことよりも何よりも、まず自分の息子の現在の状況と進学に関して、第三者から聞きたがっているのがよくわかる。

そうこうしているうちに三十分ほど経過し、部活で遅くなった潤の妹、沢木澪《みお》が帰宅した。

その途端、慌ただしく夕食の準備が始まる。

可畏は『お客様』として、ダイニングでお茶を飲んで待っているよういわれた。

その通りにした可畏の斜め前の席には、制服姿の澪が座る。

夕食のメニューはお好み焼きだといわれていた。

渉子いわく、潤から予め、「御曹司相手に気張っても意味ないから、むしろ超庶民的夕食にしてあげて」とリクエストされていたらしい。

ベジタリアン向けお好み焼きがどんな物か想像し切れず、可畏はテレビで何度か観たことのあるお好み焼きをイメージしていた。卵や肉を使った一般的な物ですら食べたことがないため、見た目はともかく、食感や味の想像がつかない。

小さなテーブルの上には、その大半を占めるホットプレートが置かれていた。潤は母親と一緒にキッチンに入り、お好み焼き用のソースと、卵不使用の豆乳マヨネーズを作っている。

時々母親と衝突し、「そんなデカく切ったら火ぃ通るの時間かかるだろ」「あんまり小さいと食べ応えないでしょ」「切り方すげぇ雑」「じゃあ自分でやんなさいよ」などと、ボソボソいい合っているのが聞こえる。

そうかと思うと、「お店で鰹節いただいたんだけど、今夜は駄目ね」「うん、よくわかってんじゃん」「何年母親やってると思ってんのよ。昆布パウダー出しとくわ」「どうもすみません」と、ベジタリアンの子供を持つ母親と、自分の特異な食事情を理解してくれる母親に感謝する息子という——むず痒《がゆ》いようなやり取りも聞こえてきた。

「お好み焼きにまでアボカド入れるの？」

「これはサラダ用……のつもりだったけど、お好み焼きにも入れるか」

「ほんと好きねぇ」

仲がよいのか悪いのかわからないようで、結局はよい——それが一般的な親子の姿なのかと思いながら筒抜けの会話に耳を傾けていた可畏は、ふと妙な視線を感じる。

斜め前で縮こまる澪が、緊張した面持ちでこちらを見ていた。

澪は母親に似ているため潤に似た所はあまりないが、美少女といっても過言ではないくらい整った顔をしている。西洋の血はボディラインに表れ、高校一年生にして、母親を凌《しの》ぐグラマラスな肉体を持っていた。特に胸が目立ち、これでもかとばかりに膨らんでいる。

母親同様、肉や魚を摂取しているため多少生臭いが、適度に肉のついた若い女というだけで、それなりにそそる匂いに感じられた。

竜人は知能や理性の面で恐竜とは大きく異なるため、無闇に人間を襲ったりはしない。

それでも澪の体を見ていると、可畏は自分が肉食恐竜であることをつくづく思い知る。

潤の妹であり、大事に扱うべき存在だと思っているのに——頭の中で無意識に、肉感のある乳房を鷲摑《わしづか》みにして、新鮮で温かい血を掌から直接吸い上げるイメージを浮かべていた。

舌で味わったら生臭くて不味《まず》そうな血だが、掌で吸う分には、さぞかし力が漲《みなぎ》って気持ちがいいだろうなと、考えずにはいられない。

「あ、あの……竜嵜さん、質問してもいいですか?」

可畏と顔を合わせた瞬間からキャアキャアと興奮していた澪だったが、「お客様のお相手をしなさい」と母親に命じられてからは、興奮の度が過ぎて寡黙になっていた。

ようやく口を開いたかと思うと、露骨に好奇の目を向けてくる。

「えっと、付き合ってる人とかいるんですか?」

「それはノーコメントで」

「え、あ……そうですよねぇ、すみません」

澪に対してよからぬ食欲を向けてしまう可畏は、あえて素っ気なく対応した。

自分からは話題を振らないため、澪が黙ると沈黙が流れる。

それを察した潤が、「今そっち行くから」と、カウンター越しに声をかけてきた。

本当に戻ってきた潤は可畏の隣に座り、渉子は可畏の正面に座る。

ホットプレートを仕切るのは潤だった。

お好み焼きを同時に四つ焼き始め、立ったり座ったりを繰り返す。

二本のコテを手にすべての作業を一人で行い、女二人は口だけを出していた。

可畏は目の前に置かれた割り箸を袋から出して、自分で割るタイプの箸を慎重に割る。

人間としての力加減は把握しているが、初めて何かをする時は十分に気をつけなければならなかった。下手をすると木端微塵《こっぱみじん》にしてしまい、人間離れした怪力を不審がられるからだ。

「うちのお好み焼きは卵が入ってない分、とろろをたっぷり使ってるんだ。具材はキャベツがメインで、薄揚げとか大根とかアボカドとかエリンギとか天カスとか色々」

「普通は豚肉とかなんだろ？」

「うん、たぶんそうだと思う。あとはなんだろ、イカとか入れんのかな。よくわかんないけど、初めてのお好み焼きが普通のじゃなくてごめんな。お好み焼きソースを塗れば結構それっぽくなるし、御手製マヨネーズはイケると思うぜ」

「手際がいいんだな」

「まあね。俺は肉や魚介類を見るのも駄目なんで、ホットプレート出してお好み焼き作る時は全面的に俺好みに合わせてもらうからさ、せめて働かないとな。焼きそば作る時とか、鍋やる時もそうだな」

「竜嵜くん本当にこれでよかったの？　なんだか超節約メニューで恥ずかしいわ。うちだってたまにはステーキとか焼肉とか食べるのよ。潤のいない時にね」

「お好み焼きは初めてなので、とても興味深いです」

渉子の言葉に可畏が無難に答えると、澪が「竜嵜さんて本物のセレブなんですねぇ。普段はどんなの食べてるんですか？」と訊いてくる。

「寮生だから。普通に日替わりセットとかを」

可畏は澪に対しても無難な答えを返し、ほどほどに口角を上げて愛想を見せた。

口にした言葉は嘘ではないが、竜泉学院の第一寮の食堂は肉食竜人専用の食事を出しているため、どのセットも肉料理が中心だ。不動の一番人気は、上質なレアステーキと緑黄色野菜のスムージーのセットで、可畏もそれだけで済ませることが多い。

「可畏は普通とかいってるけど、竜泉の食堂は凄い豪華なんだぜ。それでも我慢できない時は、ヘリを飛ばして食事に行ったりしてさ。そんなわけで上は限度がないから、可畏にはこういう食事の方が『おもてなし』になるんだ」

「ヘリ……って、ヘリコプター⁉　食事のために⁉」

「お兄ちゃんもヘリコプター乗るの⁉」

「乗る乗る。この間も牧場併設の高級鉄板焼き店でステーキ食べたいとかいいだしてさ。俺も一緒に行ったことは行ったけど、別の部屋で特濃ソフトクリームとヨーグルト堪能して待ってたんだ。あれは美味《うま》かった」

「ちょ、超うらやま……っ、お兄ちゃん狡《ずる》い」

「羨《うらや》ましいだろ。ほら第一弾焼き上がり。皿寄せて」

潤は一人だけ立ってコテを上手く使うと、まずは可畏の目の前にあるお好み焼きを切って、一切れ皿に載せた。

それから母親の物や妹の物もカットし、ホットプレートの温度を保温状態に切り替える。

四人揃って「いただきます」といってから、それぞれソースやマヨネーズを好きにかけて、ベジタリアン用お好み焼きを箸で摘まんだ。

可畏は慣れない割り箸を使って、一口分を食べる。

潤に「熱いから気をつけて」といわれたので冷ましたが、それでも予想以上に熱かった。

果実の味が強いソースと、塩麹《しおこうじ》の効いた豆乳マヨネーズの味が舌の上で混ざり合う。

それに続くのは、とろろの効果でふんわりとした食感の生地と、新鮮な歯応えのキャベツや大根だった。ティラノサウルス・レックスの遺伝子を持つ竜人が食べるような物ではないが、人間としての味覚に頼ればそれなりの味に感じられる。

「美味いな」

「マジで？　第二弾にはアボカド入れるからな」

「アタシはアボカド抜きにしてー。粉物はカロリー高いし」

澪の言葉に潤は、「そういえばちょっと太った？」と、平然と訊いた。

その途端に澪はカッと目を剝き、「最っ低ー、人前でいうかそういうこと」と本気で怒る。

潤は悪怯《わるび》れずに「身内だからいうんだろ」といい返したが、母親の渉子から、「今のは潤が悪い。状況を考えなさい」と叱られていた。

「──学校では何か変わったこととかないの？」

険悪になりかけた空気を変えるためか、渉子は潤に透かさず問いかける。

潤は不満げな顔をしていたが、しばらく考えてから口を開いた。

「季節外れの転校生が入ってきた。俺も変な時期に転校したから人のこといえないけど」

「ほんといきなりの転校でびっくりしたわ」

「うん、ごめん」

「転校生って、三年に？」

「そう、一応同じクラス」

まさかこの場でリアム・ドレイクの話題が出るとは思わなかった可畏は、潤が何を話すのか気になりつつも黙って食事を続けた。

真横では潤が、烏龍茶《ウーロン》の入ったグラスに手を伸ばしている。

「そいつ漫画に出てくるような凄い美形でさ、あっという間に学院のアイドルみたいになって、とにかく物凄い人気。様付けで呼ばれてるし、可愛いめの下級生ゾロゾロ引き連れて、なんか凄い大勢で移動してんの見かけるよ」

「アイドルって、竜泉学院は男子校でしょ？」

「……あ、うん……まあ、そうだけど……それでもいるんだよ、アイドルみたいなやつ。この場合はスターとかいえばいいのか？　あ、もちろん可畏のが格段に凄いけどな。可畏の場合は恐れ多くて容易に近づけませんって雰囲気だから、また全然違うけど」

「なんかわかるぅ。竜嵜さんの場合、アイドルより神的な？」

「そうそう、遠巻きに御尊顔を拝して幸せですみたいな」

「あら凄い。それにしてもイケメンの多い学校なのね」

「うん、まあそうかも。金持ち学校ってそんなもんなんじゃん？」

「お金持ちは美男美女と結婚できる確率高そうだもんね。生まれてくるのも美形なわけだ？」

潤は母親の言葉に「かもね」とだけ答えると、話題をお好み焼きに戻す。

リアムの話は、それ以降まったく出なかった。

話の流れで少しだけ触れたものの、特にリアムのことを意識している様子はなく、遠慮して無理に話題を終わらせたという印象も受けない。

転校初日に生徒会サロンに来て潤の手に触れたリアムだったが、その後はほとんどサロンに現れなかった。必要に応じてヴェロキラには接触しても、可畏に会うことはなく、教室で一般生徒や側近四名と共に授業を受けているらしい。

同じ第一寮の住人でもあったが、食堂で時折見かける程度で、可畏を怒らせるような行動は取っていなかった。

潤のいう通り、わずか数日で学院のアイドル的存在になったのは間違いない。

しかしそれ自体は可畏にとって問題ではなかった。

草食恐竜や脆弱《ぜいじゃく》な小型肉食恐竜の竜人が、有力な竜人に囲われたがるのは当然のことだ。リアムに群がる生徒は全員、可畏の目に適わなかった小物に過ぎず、何を奪われたわけでもない。詰まるところ、潤にさえ近づかなければどうでもよかった。


夕食後しばらくしてから浴室を使った可畏は、あとに入った潤が戻るのを待つ。

シングルベッドと客用布団で占められた潤の部屋で、独りの時間を過ごした。

潤は現在この部屋には住んでいない。帰るのは月に一度くらいのものだ。

それでもこの空間には、潤の匂いが染みている。

わずか六畳だが、息苦しさは感じなかった。

「お待たせ」

可畏が独りになって三十分もせずに、潤が部屋に戻ってくる。

床に敷かれた布団の上に座っていた可畏は、濡《ぬ》れ髪を拭《ふ》く潤を見上げた。

普段は長湯の潤が、烏《からす》の行水とばかりに短時間で入浴を済ませた理由がわからず、「やけに早いな」といってみる。

実家だといつもそうなのか、それとも客の自分を待たせないためなのか――どちらかは知らないが、潤は何故か怪訝《けげん》な顔をしていた。いつもは潔い眉が、八の字になっている。

「早いのは可畏もだろ……っていうか、シャワーで済ませただろ?」

「わかるのか?」

「わかるよ。お湯が硬い感じしたし。うちは本来俺が最後だから、一番風呂だとすぐわかる。なんで湯船に浸からなかったんだ? 狭過ぎて嫌だった?」

「俺が入ったら湯が溢《あふ》れそうだと思ったんで遠慮した」

「そんなのいいのに。俺が足すつもりだったんだから」

潤は不満を露《あら》わにしたが、一度溜め息をついてからは表情を切り替える。

長袖のカットソーとスウェットパンツという味気ない恰好でありながらも、湯上りの桃色の頬は艶やかで、清廉な色香が漂っていた。

「今日は、色々ごめん。いや、ありがとう」

潤はそういってドアノブに手を伸ばし、施錠する。

扉の向こうは廊下で、部屋自体はキッチンと澪の部屋に挟まれていた。

何が「ごめん」で、何が「ありがとう」なのか問いたかった可畏だったが、まじまじと目を見合わせると、潤の瞳が色鮮やかに形を変える万華鏡のように見えてくる。

そこには様々な感情が詰まっていて、どれもこれも明るいものに感じられた。

「可畏が、こんなに上手くやってくれると思ってなかった。竜人だし、人としても御曹司だし、きっとなんか妙な言動取るんだろうなとか、凄い上から発言しそうだなとか……そしたらどうフォローしようかとか、色々考えてたんだ。俺、ちょっと偏見持ってたかも」

「上手くやるに決まってるだろ。竜泉は一応、人間社会に馴染む方法を学ぶ場だ。生徒会長の俺が外で滅茶苦茶やるわけがない」

「滅茶苦茶やってるとこばっかり見てきたから。アスファルトに広がった血を吸い上げたり、俺のこと車に連れ込んで酷いことしたり……まあ、過ぎたことはいいんだけどさ。今日は凄くちゃんとしてて、育ちのいいお坊ちゃまって感じで、なんか感動した」

潤は照れくさそうにいうと、布団の上に膝をつく。

手の届く位置に座って、耳朶《みみたぶ》に触れてきた。やんわりと指で揉《も》んでくる。

「いつもガウンとかバスローブだけど、パジャマも似合うな。それ、カシミヤ？」

「アルパカだ」

「アルパカ⁉　アルパカってこういう感じなんだ？」

潤は可畏が着ている紺色のパジャマに興味を示し、耳朶から手を離して襟に触れてくる。

昼食から先、血も肉も摂取していない可畏にとって、温まった潤の体から匂い立つ香りや、肌の温もりは食欲をそそるものだった。潤といると空腹感が増して、性欲を上回る勢いで肉食恐竜の本能が疼《うず》く。普段は今ほど腹が減る隙がないため、こういった感覚は珍しかった。

「柔らかくて気持ちいいな、これ」

潤は可畏のパジャマの胸元を撫《な》で、くすっと笑う。

湿った飴《あめ》色の前髪から落ちた滴が、可畏の腿《もも》に落ちた。

その時ようやく、可畏は自分が誘われていることに気づく。

上目遣いの視線、話し方、手つき――どれをとっても間違いなかった。

一般的な人間の常識として、家族と一緒に暮らしている家で色めいたことをするのは嫌がるものだと思っていたが、潤は明らかにその気だ。

「お腹、空いてる？」

「夕食はそれなりに食える物だったが、養分にはならねえからな」

「それなり？　美味いっていったのは嘘だったのか」

「少しは色をつけた」

「なーんだ。まあ仕方ないよな。じゃあ、俺から養分……摂る？」

潤はやけに積極的な態度で、「何がいい？」と迫ってきた。

可畏にとって最高なのは潤の肉だが、当然それは選べない。

注射器を持ってきていないので、血液を味わうのも難しかった。

出血させるにはどこかしら切るしかなく、それを回避して皮膚から直接吸い上げたとしても、相当な痛みを与えてしまう。

自分は人間とはまったく異なる性質を持っているはずなのに、潤が血を流す姿や痛がる姿、内出血した肌を見るのは避けたかった。

本来なら非常に魅力を感じて然《しか》るべき血塗《まみ》れの姿を想像すると、かわいそうだと感じ、胸がずきりと痛くなる。ごく普通の人間のような感覚が今の自分にはあって、それは潤にのみ湧き起こるものだった。

「まともな家の子供は、『親がいる時はやめてくれ』とかいうんじゃねえのか？」

「それは確かにそうなんだけど、可畏が予想以上に頑張ってるの見て感動しちゃってさ。今、凄い嬉しくてテンション上がってるんだ」

潤は笑いながらも艶っぽい目つきのまま、唇を寄せてくる。

飢えた肉食恐竜に、内臓の一部である唇を味わわせるのがどんなに危険な行為か、おそらく潤はわかっていない。傷一つ付けたくない気持ちの裏側で、美味な唇を噛み千切りたい欲求を抑えていることを、時折思い知らせてやりたくなる。

「ん、う……っ」

潤の唇は舐めたら溶けてしまいそうなほど柔らかく、舌を伝う唾液《だえき》は甘い。

キスをする度、自分がどんなに我慢して本能に逆らっているか……そして、そうするに足る存在としてどれほど潤を大切に想っているか……伝えたい気持ちと、秘めておきたい気持ちが混ざり合う。

しかし秘めようと思ったところで意味がなく、潤にはすでに読まれているのだ。

そうでなくとも自分自身を誤魔化すことはできなかった。

世界を手に入れても、潤がいなければすべてがくすむ。

それを自覚した以上、何よりも大事にしたい――。

「可畏……挿《い》れるのは……ほんとにナシで……声、出ちゃうし、どうにか耐えても腰の動きが伝わるから。絶対バレる」

「わかってる」

可畏は潤の体を布団の上に押し倒し、カットソーを首の方までめくり上げた。

愛らしい薄桃色の突起を指で摘まみながら、覆い被さって唇を塞ぐ。

「う、ん……ぅ」

人間よりも聴覚が優れている可畏には、この家の壁の薄さや、すぐ近くに家族がいるという意識が強くあった。箍《たが》が外れないよう、気を配らなければならない。

妹はともかく、潤の母親には潤を生んでくれたことを心の底から感謝している。

渉子に嫌われたくないという想いは、自分でも信じられないほど確固たるものだった。

「……ぁ、う……っ」

潤は首元に絡まるカットソーの裾《すそ》を嚙《か》み、嬌声《きょうせい》をこらえる。

普段はここまで声をこらえる必要がないので、官能に震えながらも耐える姿が妙に色っぽく見えた。口を閉じても目は潤みながら悦びを訴え、まさに口ほどに物をいっている。

「う、く……ふ……」

仰向《あおむ》けのまま頭を左右に揺らして悶《もだ》える潤は、自分からスウェットパンツに手をかけた。

腰を少し上げて、下着ごとするりと下ろす。

キスと胸への愛撫《あいぶ》だけで勃起した物が、勢いよく飛びだしてそそり立った。

先端から透明な滴が散って、真っ白な腹に小さな照りがいくつもできる。

「ふ、ぅ……っ」

可畏は潤の乳首を指で摘まんで引っ張りながら、腹部に散った滴を舐めた。

動物性蛋白質《たんぱくしつ》を求める舌は、水っぽい先走りに触れるなり痺《しび》れるような反応を見せる。

これでは足りない。もっと濃厚でとろみのついた白い体液が欲しくて、飢え渇いた喉《のど》が引き攣《つ》った。

「く……ん、ぅ」

可畏は潤の性器に食らいつき、腿や膝裏に触れる。

裏起毛の綿ジャージから足を抜き取って、宙に振り上げた脛《すね》を摑《つか》んだ。

筋肉質でしなやかな脛もまた、食欲を刺激する物だ。潤の体はどこもかしこも美味《おい》しそうで、かぶりつきたくてたまらなくなる。

「んんぅ、っ」

「――ッ、ゥ」

ベッドに片足を預けた潤の体が、びくんと大きく弾けた。

喉奥に熱い精を受けた可畏は、微《かす》かに漏れる嬌声に酔う。

息を止める段階を越えた潤は、ハフッと口を開けて酸素を求めた。

「う、あぁ……」

可畏が残滓《ざんし》を吸い上げると、潤の膝が大きく動く。いつの間にかベッドマットに載っていた片足が自然と下りて、布団の上であられもないM字を描いた。

潤は腰を完全に沈めてぐったりとしていたが、しかし頭を枕から浮かせる。

可畏を求めるように首を伸ばし、キスを強請《ねだ》る時の顔をした。

「可畏……っ」

「――潤……」

「ん、う、ぅ」

足を広げた潤の上に覆い被さった可畏は、潤の頭が枕にめり込むほど重々しいキスをする。

精液の味が残る舌をねじ込むと、潤は迷わず吸いついてきた。

唾液を交換しながら、可畏は極上の甘露を堪能する。

股間《こかん》の雄茎は潤の中に入りたがって硬く張り詰め、苦しいほど昂《たか》ぶった。

それを察した潤が、パジャマと下着の中に手を忍ばせてくる。

逆手でやんわりと握り、肩を竦《すく》めてキスから逃げた。

「……シックスナイン……する？」

桜色に火照《ほて》った顔と、濡れて艶々と光る唇——思わず息を吞まずにはいられなかった。

潤に握られている物が、めきめきと反応してしまう。

今自分が何を求めているのか、隠しようがないくらい体は正直だ。

「まだ出るのか？」

「全然余裕。こんな時間から電気消すわけにもいかないし、明るくて恥ずかしいけどな」

潤は悪戯《いたずら》っぽく舌を出し、壁の方をちらりと見る。

可畏の耳には、澪がバスルームを使う音が聞こえていた。

まだ十時前で、色っぽいことをするには早過ぎると自覚していながらも、お互いに我慢できなくなっている。

「可畏……枕使っていいよ。俺こっち頭にするから」

潤は身を起こして足に絡んでいた物をすべて脱ぐと、頭の位置を変えた。

共に布団に横たわる形でシックスナインに興じながら、同じことを望んでいるのがわかる。

射精したり飲精したりといった行為で一応は満たされても、繋がりたくてたまらなかった。

「く……ふ、う」

可畏の屹立《きつりつ》を普段とは逆方向からしゃぶる潤の腰は、明らかにひくついていた。

可畏は潤の鈴口から顔を引いて、尻を摑んで狭間を広げる。

可愛らしい窄《すぼ》まりは、絶えず疼いていた。

強大な侵入者を求めて、小さな孔が収縮を繰り返している。

雄を欲しがるその貪欲《どんよく》さは、まるで性器だ。ねっとりとした潤滑液が今にも溢《あふ》れてきそうで、濡れないことが不自然に思えるほどだった。

「……あ、可畏……っ、駄目……だ、そこは……」

食欲が一時的に満たされた可畏は、次なる欲求を潤の後孔に向ける。

駄目だといわれても、目の前にある肉孔は結合を求めて誘惑してきた。

まずは指や舌を挿入し、奥の奥まで弄《いじ》り尽くしたくなる。

可憐な孔を舌先でつつくと、双丘の筋肉がキュッと引き締まってくぼんだ。

逃げ腰ながらも大きく反応して、「駄目だって……」と窘《たしな》める口に反して、白い尻と桃色の肉孔が淫靡《いんび》に誘いをかけてくる。

「潤ー、苺《いちご》あるけど食べなーい？」

「──ッ！」

性臭の漂う明るい室内で睦み合っていた二人は、廊下の向こうから聞こえてきた渉子の声に我に返る。特に潤は弾けるように離れ、猛烈な勢いで服に手を伸ばした。

「……あ、うん！　取りにいく！」

大声で返事をした潤は、可畏の下半身に布団をかけて苦笑する。

慌てて着替えて股間を見下ろし、「鎮まれ鎮まれ……」と、呪文のように唱えた。

「ごめん、断ると不自然だから行ってくる」

「バレないようにな」

「うん」

身を翻《ひるがえ》して部屋から出ていく潤の背中を、可畏もまた、苦笑しつつ見送った。

いいところで中断されてお預けを食らったにもかかわらず、悪い気分にはならない。

怒ることなく待てる自分を客観的に捉えた可畏は、潤によって齎《もたら》される変化を受け入れた。

変わってしまうことが怖くて逃げた時もあったが、今はこのまま、自然に逆らわずに変わりたい。理想としていた暴君の姿からは外れても、自分が今どう感じるか──どうしたいのか、真の望みに従うことの方が大切だと思った。

《五》

可畏を実家に泊めた翌日、潤は母親と妹と三人でアウトレットモールに買い物に来ていた。帰省時の恒例になっている家族サービスだ。

涉子も澪も、「是非一緒に」と可畏を誘っていたが、可畏は生徒会の業務を口実にして断り、朝食後すぐに寮に帰った。

実際には食事のためで、昨日の昼から肉も血も摂取していなかった可畏の瞳は、帰り際には赤みが強くなっていた。

一人分の精液では一時凌ぎにしかならず、人間でいうならおやつ程度の物らしい。

「潤、ちょっと下着見てくるから適当に待ってて。終わったらメールする」

「じゃあ本屋行ってる」

「お兄ちゃん、しつこいナンパには気をつけてね」

午後二時のアウトレットモールのテラスで、潤は母親と妹と別行動を取る。

妹のいう通り、独りになると注意が必要だった。

座ったり立ち止まったりすると、どこからともなく若い女性が近づいてきて、あれこれ話しかけてくるからだ。場合によってはかなりしつこく付き纏《まと》われることもあった。

「……ん？」

建物を囲むテラスを歩いて書店に向かうつもりだった潤は、キャアキャアと騒がしい集団の声に耳を傾ける。テラスの先には、自分以上に注目を浴びている人物がいた。

――リアム……⁉

なだらかなカーブを曲がると突然、巨大な影が視界に飛び込んでくる。

十一階建ての建物に食い込む無数の影は、紛れもなく竜人達の物だった。

重なっているため恐竜としての見分けはつかないが、人としての見分けは当然つく。

竜泉学院高等部の制服を着た美青年四人の側近を従えるリアム・ドレイクが、特徴的な長いストロベリーブロンドを煌《きら》めかせながら立っていた。

「潤……」

やばい――そう思った時には目が合ってしまい、名前を呼ばれて引き返せなくなる。

「いい匂いがすると思ったら君でしたか。素敵な偶然ですね」

女子の群れを側近に任せて抜けだしたリアムは、戸惑う潤の目の前までやって来た。

可畏の気持ちを考え、リアムに気づかれる前に退散すべし……と思った潤だったが、すぐに気づかれたせいで動きが鈍る。今もどうしてよいかわからず、じりじりと後退した。

「どうも……五人で買い物？」

「はい、せっかく日本に来たので日本ならではのお土産を……と思いまして。でもここはインポートブランドばかりで、日本らしさは特に感じられませんでした。上質な浴衣《ゆかた》とか草履とか、親日家のクリスが喜びそうな物が欲しかったんですが」

「それならデパートのがいいかも。新宿《しんじゅく》まで行けばだいたいなんでも揃うと思う」

「そうですか、近場で済ませようとしたのが間違いでしたね」

リアムは残念そうな顔をして、「情報をありがとうございます」と礼をいった。

面と向かって話すのは転校初日以来で、潤は改めてリアムの美貌に目を奪われる。

可畏が持っていた写真の幼い頃の姿が、今の姿にそのまま繋がって見えた。

体型や顔立ちはもちろん、肌も髪も声も、すべてが極上で……潤の想像力では、これ以上に美しい人間はイメージできない。正確には人間ではないが、とにかく綺麗《きれい》で驚かされる。

動画や写真を撮る趣味などないにもかかわらず、リアムの姿は何かに記録しておかなくては勿体ない……と、無性に思ってしまうほどのものだった。

「学院内では可畏やラプトルの目が気になって話せませんが、実は君に話しておきたいことがあったんです。こういう機会を待っていました」

「……ラプトル？」

「可畏が恰好をつけて、ヴェロキラと名づけた四人組のことですよ」

「あ、うん。そっか、ヴェロキラプトルだからラプトル……。で、俺に話って何？　悪いけど可畏の前で話せないようなことなら聞けない。お前だってまた殴られてプールに落とされたくないだろ？　それに今は家族と一緒に来てるから」

「躾《しつけ》がいいんですね、さすがは御愛妾《ごあいしょう》といったところですか」

「そんなんじゃない。けど、一応なんていうか」

彼氏みたいなものだと思ってるから——とまではさすがにいえなかったが、潤は「どういう関係か知ってるだろ？」と無言で訴えるようにリアムの目を見据えた。

初対面で秋波を送られたからといって、彼に対して強い嫌悪感は持っていない。

むしろ翼のあるティラノサウルスや、人型の時の飛行能力に興味があった。

けれども可畏を傷つけたり怒らせたりしてまで、リアムに近づく気はさらさらない。

リアムが一人ぼっちの淋しい転校生ならいざ知らず、自分が世話を焼かなくても取り巻きに囲まれている男だ。多少つれなくしたからといって、なんら問題はないだろう。

「手荒な真似はしたくなかったんですが、仕方ないですね」

「……え？」

周囲の注目を浴びる中、リアムはいきなり手首を摑んでくる。

そうかと思うと、人目も憚《はばか》らずに走りだした。

「え、ちょっと……えっ、何⁉」

いったい何が起きているのか信じられない潤だったが、転ぶのを避けるために一緒に走る。口から出るのは意味のない驚きの声ばかりで、急なことに言葉ですら抵抗できなかった。

もちろん腕力や脚力で抵抗するのも無理な話だ。

竜人の力は強く、振り払うことも場に留まることも叶わない。リアムの速度に合わせて走り続けるしかなく、気づいた時にはテラスから屋内に連れ込まれていた。

「ちょっと待てよ、止まれって！　つーか、手ぇ放せよ！」

大声を出してどうにかしようにも、リアムは人間としてあり得なくはないギリギリの速度で階段を上がっていく。必死に駆け上がればなんとかついて行けるが、下手したら転んだ状態で引きずられて痛い目に遭いそうだった。

「いい加減にしろよ……もうっ、無理だって……おい！」

ほとんど人がいない階段を全速力で駆け上がるうちに、潤は体力の限界を迎える。

がくがくと震える膝をどうにか持ち上げてはみるものの、今にも崩れそうだった。

すでに九階まで全速力で上がったのだから当然だ。バスケ部を引退して何ヵ月も経った体は、思うように動いてはくれなかった。

「つらいですか？　ではこうしましょう」

「え、あ……！」

重たく沈みかけていた体が浮き上がり、否応なくリアムの肩に担がれる。

じたばた動いたところで状況は変わらず、荷物のように抱えられた潤は、階下に続く階段を見下ろした体勢のまま運ばれた。

──なんだよこれ、どういうつもりなんだ？　屋上に行く気なのか!?

焦る潤に何も説明しないまま、リアムは尋常ならざる速度で階段を上がる。

最早何段抜きで上がっているのかわからないほどの速さで、瞬く間に屋上に出た。

生徒会サロンの屋上庭園とは異なり、貯水タンクがあるだけの殺風景な屋上だ。

客を通す場所ではなく、本来は立ち入り禁止区域だと一目でわかる。

「降ろせよ！　いったいなんなんだよ、こんなとこで何を……！」

降り注ぐ冬の午後の陽射しの中で、潤は威勢よくリアムを怒鳴りつけた。

ところが次の瞬間、降りたくても降りるわけにはいかない状況に陥る。

本当に一瞬の出来事だった。

リアムは屋上に足を踏みだして数秒もしないうちに、真っ直ぐ宙へと体を浮かせる。

潤を肩に抱きかかえたまま、いとも簡単に空を飛んだ。

「うわ……っ、うわあ──っ‼」

絶叫マシーンに乗っても出さないような声を出し、潤はリアムにしがみつく。

重力に逆らって身一つで飛ぶという行為に、喜びなど感じられなかった。

怖さをスリルとして楽しめるのは、安全が保障されている時だけだ。

信頼しているわけではない相手……ましてやたった今、強引に自分を連れ去った相手の手で宙に浮かされていることに、潤は強烈な恐怖と不安を味わう。

そんな相手に力いっぱい抱きつかなければいられないのが口惜しいが、生存本能のすべてが両手両足に指令を出していた。

頭で考えるまでもなく必死にリアムの肩や腕を引っ掴み、足は腰や腿に回す。

恰好も何も構ってなどいられなかった。何があっても決してリアムと離れないよう、果ては彼の髪までしかと掴んで、無我夢中で縋《すが》りつく。

——こんな高さから落とされたら、絶対死ぬ！

雲が近くに迫り、眼下にあるよみうりランドの雄大な木造コースターは、途轍《とてつ》もなく小さく見えた。可畏がヘリコプターで出かける時とは訳が違い、上がれば上がるほど恐怖のどん底に落ちていく。がたがたと震えながら、「降ろしてくれ！」と何度も叫んだ。

「リアム……ッ、頼むから降ろしてくれ！　話があるなら聞くから！」

自分でも何を喚《わめ》いているのかわからないくらい、潤は叫びまくって説得を試みる。

遂には、「俺が悪かったから！」とまでいってしまった。

病気になって初めて健康のありがたみを実感するように、今は地面に足がついていることのありがたみが骨身に沁みる。

「もちろん降ろしますよ。君を殺す気はありませんから」

潤がどれだけ力を籠《こ》めても動じないリアムは、長髪を靡《なび》かせながら下降し始めた。怖くて下などろくに見ていられなかった潤の目に、空に向かって突き立てられた鉄塔が飛び込んでくる。

高圧送電線を支える無数の鉄塔は、普段なら気にも留めないほど遠くにある物だ。しかし改めて見てみると、非常に高く大きいのがわかる。遠目に見る分には華奢《きゃしゃ》でも、実際は組まれた鉄骨一本一本が太く、どっしりと聳《そび》え立っていた。

「だ、駄目だ……あんなのに近づいたら感電する！」

「わかっているなら動かないことです。大人しくしていれば安全な場所に降ろしてあげます。そのまま私に摑まっていなさい」

リアムは潤を抱えたまま降下し続け、鉄塔の上部に着地した。

地面から空に向かっている主柱を避け、真横に延びた腕金主材の末端に潤を降ろす。いわゆるアームと呼ばれる部分で、ようやく足がついても落ち着くことはできなかった。

アームは、空に浮かんだ鉄骨の平均台だ。主柱までは思った以上に距離がある。着地した地点から地上まで何十メートルあるのか推測すらできないが、平均的なビルの屋上より数倍高いのは間違いなかった。

そのうえ周囲は荒れた野原と山から続く森ばかりで、助けなど望めるわけもない。

「携帯を渡しなさい。家族が心配しないよう、私が代わりに連絡を入れて差し上げます」

「……持って、ない」

「警戒する必要はありません。『急用ができたから先に帰る』といった、無難なメールを打つだけですから。家族が安心すれば、君も一息つけるでしょう？」

「そんなわけないだろ！」

鉄骨の末端に膝をついた潤は、俗にいう女の子座りでぺったりと座り込み、上体を低くして鉄骨の縁《へり》を両手で摑んだ。制服のジャケットのポケットに重みを感じ、携帯を落とさなかったことを確信しながらも、「持ってないんだ」と嘘をつく。

「学院では可畏が許可した生徒を除いて、携帯電話の所持が禁止されています。君も例外ではありませんが、前の学校にいた時から使っている携帯をそのままにしていて……帰省時は必ず持ち歩いている。君に関する情報は調査員を使って取得済みですから、嘘は無意味ですよ」

リアムは潤の目の前に立つと、スッと手を伸ばしてきた。

携帯を渡したら、母親か妹に連絡されるのかと思うと戸惑ったが、しかし冷静に考えれば、急にいなくなったことで心配をかけないよう、連絡を入れた方がよい気がした。

「メール……俺が打つんじゃ、駄目なのか？」

「私が打ちます。君を信用していませんから」

片手を使ってジャケットのポケットを探った潤は、どうにか携帯を取りだした。

連絡するなら早くしてほしくて、リアムに渡すと同時にパスワードを伝える。

「文章はこれで大丈夫でしょうか？　日本語はあまり得意ではないので、確認してください」

リアムはメールを打つと、潤がしがみつく鉄骨からふわりと爪先を浮かせた。

憎らしいほど軽やかに宙を舞い、メール作成画面を見せてくる。

宛先は妹になっていた。件名はなく、本文は『友人と会ったので、一緒にお茶を飲んでから帰ります』という一文だけ。日本語はまともだったが、妹宛てのメールとしては硬いうえに、家族サービスを放棄したにもかかわらず謝罪の言葉が一切なかった。

「最後に、『急にごめん』とか、『今度埋め合わせする』とか、なんか加えておいてくれ。そのくらい書かないと俺っぽくない」

潤の頼みにリアムは、「君は家族思いなんですね」といって文章を付け加える。

程なくして、リアムの手の中の携帯が振動した。わずかに機械的な音がする。

画面を見たリアムは嘲笑《ちょうしょう》混じりに笑って、「『竜寄さんなら許す』と書いてありますよ」と、読み上げると、返信はしないまま携帯の電源を落とした。

そしてスウッと手を伸ばし、携帯を宙に掲げる。

「潤、下を見ていなさい」

「……え、あ……っ！」

次の瞬間、潤はまさかの光景に目を疑う。

地面に向けて落ちていく携帯電話が、鉄塔の土台に当たって弾け飛んだ。

生半可な壊れ方ではなく、あらゆる部品が一瞬で飛び散る。

「な、なんで……こんな……」

二年間の分割払いで購入した携帯電話の末路に、潤は呆然《ぼうぜん》とした。

自分の身にこれから起こることを考えなければならない状況でありながらも、ぽきりと心を折られてしまう。何より、リアムがこういうことを平気でする人物だとわかったことが、酷く怖くて悲しかった。

「こんな物で済むうちはいいと思ってください。君が私の命令通りに動かないなら、その時は君の母親や妹を同じ目に遭わせます。ここよりもっと高い所から落としますよ」

「――っ」

そう語るリアムは同じ鉄骨の上に立っていたが、実際には靴の底が片方しかついておらず、体重をほとんど載せていないのがわかった。恐竜の影も緩やかに羽ばたいている。

「コンクリートの上に落として、潰れたカエルのようにグチャグチャにするのもいいですし、樹海の柔らかそうな土の上に落として、自動的に埋葬する手もあります。火山口で焼き溶かす方法もありますね。食べられないのは少し残念ですが、どのみち生臭いですし」

「……どうして、そんなこと……俺に何か恨みでもあるのか⁉」

「当然あります。何を隠そう私は、帝訶《ていか》様に種付けすることが決まっていた身ですから」

潤の問いに即答したリアムは、陽光が雲に遮られるように笑みを消した。

「可畏の……母親に、種付け？」

「竜人の世界は雌が少なく、一妻多夫が当たり前になっています。正確にいえば、有力竜人の雄は様々な雌に種付けします。雄も雌もより強い子供を求め、計画的な繁殖をするわけです。もしも君さえ現れなかったら、今から二年後――私と彼女の間には、翼のある珍しいティラノサウルス・レックスが誕生していたかもしれません」

「翼のある……T・レックス」

「そうです。すべてが上手くいった暁には、私は最強の暴君翼竜王の父親になるはずだった。偉大なる竜人研究者――クリスチャン・ドレイクもそれを期待していました。もし望み通りの完璧な子ではなくとも、キメラの私からどのような子供が誕生するのか、とても愉しみにしていたんです。私は彼の研究に役立つような子供が欲しかった。それなのに、私とクリスの夢は断たれてしまいました。潤……私達の希望の星は君のせいで消えたのです。自分が犯した罪がわかりますか？　君は可畏を誘惑し、堕落させ、私とクリスの夢を葬り去った」

「そんな……」

「これは事実です。君にさえ会わなければ、可畏は今でも暴君竜らしい気質のまま生きていた。母親の帝訶様と仲が悪かったにしても、竜嵜一族の至宝であるT・レックスの雌を殺すような愚行は決して働かなかったはずです。未来に続く多くの尊い命が……人間一人のせいで誕生の機会を奪われ、その中には私の子供もいた。そういうことです」

潤がしがみつく鉄骨の上を歩いてきたリアムは、天使の美貌を歪《ゆが》める。

彼が何に対して恨みを持っているのか、それを知った潤の体からは血の気が引いた。

竜嵜帝訶の腹にいたわけでもない妄想の子供に関してまで、葬ったといわれると否定したくなるが、しかしリアムのいい分もわかる。

彼がいう通り、自分が可畏と出会わなければ……或いは可畏に殺されかけた時点で呆気《あっけ》なく死んでいれば、これから生まれてくる命がいくつもあったのかもしれない。

そして一つの命は、さらなる命へと繋がっていく。突き詰めて考えれば、一人を殺すということは、その先に広がる多くの命を同時に断つことでもあるのだ。

「君は竜人界に著しい損害を及ぼす害悪。私としては、今すぐにでも食い殺したい存在です」

細い鉄骨の上を、リアムはモデルさながらに美しく歩いてくる。

彼から逃げたくて、潤はじりじりと後ずさった。

限界の地点まで行くと、自分の体重のせいで枝先のようにしなって折れてしまうのではないかと不安が過《よ》ぎったが、実際にはびくりともしない。その代わりどこからともなく金属が軋む音が聞こえ、錆《さび》止めの表面に載っていた粉塵《ふんじん》が風に舞った。

「恨みなどなかったとしても、早く君を食べたいですよ。まずは犯して、唾液や涙や、濃厚な精液をたっぷりと搾《しぼ》りだしてから……活きのよい内臓を味わいたいものです。ヴィーガンではなくても、君の香りはとても素晴らしい。可畏が夢中になるのもわかります」

「や、やめろ……近づくな！」

リアムは潤の目の前で膝を折り、手を伸ばしてくる。

おもむろに顔を撫でられた潤は、過剰な反応を示した。

顔面に鳥肌を立て、身を屈めながらも肩だけは猫のように持ち上げる。

全身全霊で警戒と恐怖を露わにした。事実本当に恐ろしくてたまらない。

落ちたら治癒能力など関係なく確実に死ぬであろう高さと、静かに怒気を漂わせるリアムの存在自体が怖かった。

「君は臆病ですね。滑らかなはずの頰が、プツプツと粟立って台無しですよ」

「触るな！　俺への話って、命令って、なんなんだ？」

再び頰を撫でられそうになった潤は、臆病といわれて声を荒らげる。

ベジタリアンとして生きてきた自分が竜人の好物だということを改めて自覚したが、簡単に屈するのは嫌で、可能な限り気丈に振る舞った。

「そうそう……大事な命令があります。私ではなく、クリスチャン・ドレイクから」

「……可畏の、父親から？」

「そうです。君を食らうのは簡単ですが、そんなことをすれば可畏は怒って私を殺そうとするでしょう。もちろんそう簡単には殺《や》られませんが、この私という、クリスが作り上げた奇跡のレアキメラが、この世から消滅する危険があるのは事実です。そして万が一可畏が私を殺した場合、彼の立場は極めて悪くなります。帝訶様を殺したことも問題ですが……それに関しては一応なんとか、身内同士の話ということで片づきました。ですが私に手を出したらそうはいかない。何よりクリスと可畏の関係は最悪なものになるでしょう。……もし仮に誰が殺したのかわからないよう君を暗殺したとしても、決してよい結果には繋がりません。可畏の愛情の強さから察するに、君にもしものことがあったら――彼はあらゆる竜人を疑って暴虐の限りを尽くしかねない。まずは身内を殲滅《せんめつ》し、私のことも疑って襲いかかってくるでしょう。そうなればクリスにとってプラスにはならず、竜人社会にとっても大きな損失になります」

要するに君を殺しはしない――といっているリアムが何を要求してくるのかわからないまま、潤はさらに後方に身を引く。

すると突然、合皮の靴の爪先が鉄骨の末端から落ちてしまった。

かくんと、体全体が揺れてバランスが崩れる。

「うわ、ぁ……！」

完全に伏せた潤は、掠《かす》れた悲鳴を上げた。平均台の如き鉄骨を抱いて、ますます震える。

下手をすればぐるんと下側に回って、ナマケモノのようにぶら下がってしまいそうだった。

もしそうなったら、再び今の体勢に戻れる自信がない。

それどころか、強い風が吹いたら瞬く間に落ちてしまいそうだ。

殺す気はないといわれても、こんな状況で安心できる道理がなかった。

「俺に何をしろっていうんだ？　早く話を終わらせてくれ！」

「単純なことです。可畏に愛されている立場を利用し、彼の心を傷つけて失望させてください。人間は所詮《しょせん》餌でしかなく、身内を殺してまで守る存在ではなかったのだということを、可畏に痛感させ、反省及び改心を促すのが君の役目です」

「なんだよ、それ……そんなことしてなんになるんだ⁉　可畏の父親は自分の息子を傷つけたがってるってことか⁉　なんでそんな……っ」

「人間の感覚では理解できなくとも、我々にとってはおかしなことではありません。クリスは可畏を理想的な暴君竜に戻したがっています。可畏は弱冠十五歳にして、アジア全土に散っていたティラノサウルス一族の大半を殲滅させ、竜王国を築こうとしています。いずれアジアを統《す》べる竜王になる彼は、弱者を愛してはいけないのです。君は害悪であり、可畏の弱点でしかない。この先、他の竜人に狙われない保証はありませんし、現にこうして私に攫《さら》われ……いつ殺されても不思議ではない状況に陥っています。今のところ日本にいる竜人は可畏の支配下にありますが、世界には敵も多い。自分の身は自分で守れる強いパートナーならともかく、君は美味しそうな匂いをさせているだけの貧弱な人間ですから。お荷物にしかなりません」

「それは違う……力が強くなけりゃ役立たずみたいな考え方は竜人特有のものだろ？　俺は、自分が可畏の役に立ってないとは思わない」

「精神的に支えている——とでも？　そういう甘ったるい話は要りません。君が可畏に与えているのは、彼を脅かす危険な弱さです。恋人を人質に取られ、君のためにあらゆるものを捨てられる王では困るんですよ。そのくらいわかるでしょう？　これ以上問題が起きる前に可畏の中にある無駄な心を破壊し、愛そのものに失望してもらいます。もう二度と人を愛そうなどと思わないように、彼を傷つけてください。それが、君にできる唯一の尻拭《しりぬぐ》いです」

リアムの言葉に耳を疑った潤は、鉄骨の上を這《は》いながらも彼を睨《にら》み上げる。

しかしここでどんなに威勢を見せても勝ち目はなく、不意に首筋に触れられた。

そのままゆっくりと、肩から腰まで撫でられる。明らかに性的で艶《なま》めかしい動きだった。

「可愛いお尻ですね。私も可畏と同じく草食竜人とはそれなりに愉しんできましたが、人間の少年とはまだ経験がありません。初めて抱くなら、君のような一級品がいいです」

「やめろ……俺に触るな！」

口ばかりで何一つ抵抗できない潤は、歯を剝いて怒鳴る。

可畏以外の男に触られるのは耐えられなかったが、しかし今は落下を防ぐことで精いっぱいで、やめろだの嫌だのと、たとえ無意味でも言葉で抗《あらが》うしかない。

「ああ……これは大変だ。もうすぐ北の方角から強い風が来ますよ。両手でしっかり摑まっているんですね。これまでのように穏やかにはいかない──唸《うな》るような暴風です」

「それなら降ろしてくれ！　頼むから……っ、もう降ろしてくれ！」

強い風が来るという予測に、潤の焦燥は極まる。

空を飛べるリアムの言葉には説得力があり、頭で考えるより先に十指に力を籠めた。

今もまだ尻を撫でられていたが、そんなことに構ってはいられない。

強風に煽《あお》られても負けないようにと、鉄骨を力いっぱい抱く。

けれどもすべては無意味だった。山の上の送電線に吹く風は、潤の想像を超えている。

風というより、見えない壁の如くぶつかってきた。

可畏が乗っていたリムジンに撥《は》ねられた時の衝撃を、かつてないほど生々しく思いだす。

「う、あああぁ――っ‼」

アスファルトに叩《たた》きつけられ、頭が割れるほどの大怪我を負ったあの瞬間――本当は死んでいるはずだった事故をきっかけに可畏と共に歩む日々が始まったが、今は違う。

すべての終わりを告げる衝撃が、間もなくやって来るのかもしれない。

――まさか、こんな……！

風の壁に打たれた体は、紙のように浮かされた。いとも簡単に風に乗り、流される。

あれほど手指に力を入れていたのに、何故一瞬で手を離してしまったのか、俄《にわか》には信じられない自然の猛威に晒《さら》された潤は、地面に向かって真っ逆さまに落ちた。

冷たい風は、今や壁ではなく、巨大な渦のように感じられる。

鋭い風の刃に晒されて、全身の皮膚が凍りついた。

「うわあぁ――っ‼」

コンクリートが目前に迫り、死を覚悟した刹那《せつな》——潤の体は新たなる衝撃を受ける。突如脇腹を左右から摑まれ、すれすれの所で空に向かって浮かされた。

近くに迫ったはずのコンクリートや地面が瞬く間に遠くなり、同時に意識まで遠退きそうになる。再び上空に戻されているにもかかわらず、地面から離れられたことに安堵《あんど》した。

「潤……気をつけてください。いくら暴君竜から与えられた治癒能力を持っていても、死んでしまったら助かりません。こんな高さからコンクリの上に落ちたら……せっかくの可愛い顔が潰れてしまいます。熟れ切ってアスファルトに落下した、果物のようにね」

「……ぅ、うあ……ぁ、あ……！」

いつしか閉じていた瞼《まぶた》を持ち上げた潤は、リアムの体に縋りつく。

自分をこんな目に遭わせているのは彼に他ならないが、それでもこうするしかなかった。

可畏のリムジンに撥ねられた時の激痛や、ヴェロキラにハンマーで頭部を殴られた際の絶望、真っ暗な井戸に閉じ込められていた間に感じた不安。さらには、竜ヶ島《りゅうがしま》でティラノサウルス・レックスに食われた時の恐怖など、これまでに経験した最悪な出来事が一緒くたに襲ってきて、涙が怒濤《どとう》のように溢れだす。

「ああ、素晴らしい……極上の香りがする美しい涙です。食前酒のようにいただきましょう」

「う、うぅ」

空を飛び続けるリアムによって、潤は目尻を舐められる。

何をされても彼に抱きつくことをやめられず、されるがままになってしまった。

空の上で頼れるのは、リアムしかいない。

彼だけが自然界の法則を無視して、難なく浮遊している。

その背後に伸びるティラノサウルス・プテロンの影は翼を広げて絶えず羽ばたいていたが、人型の彼の体はとても静かに浮いていた。

「ここに掴まって、大人しく私の物になりなさい」

「——え、あ……!」

送電線よりも高い位置まで運ばれた潤は、リアムが降下した場所を見て狼狽《うろた》える。

先程と同じ鉄骨が目の前にあったが、その上ではなく、下側だった。

驚いているうちに鉄骨を掴むよう強制され、リアムの体に縋れなくなる。

砂がついてざらざらとした鉄骨の表面に触れた潤は、ぶら下がる恰好のまま放置された。

自重が十指と両腕にかかり、すぐに痛みを覚える。

振り返ると、リアムは独りで浮いたまま後方に引いていた。

「リアム……ッ、やめてくれ……こんなの無理だ！　手を放さないでくれ！」

潤は数分持つかわからない自分の体力に不安を抱き、助けを求める。

公園の鉄棒や雲梯《うんてい》にぶら下がって遊んだ、子供の頃と似た恰好——しかし条件はまるで違い、送電線のアームに使われている鉄骨は、鉄棒のようにしっかりと握れる物ではなかった。

そのうえ大人になった今の体重を支えるのは至難の業で、額には脂汗が浮かぶ。

「リアム……頼むから支えてくれ！　せめて鉄骨の上に……っ」

「君は五年もバスケットボールをやっていたそうですね。それなりに筋肉もついていますし、もう少し頑張ったら如何《いかが》です？　暴君竜のパートナーになる度胸はあるのに、限界まで耐える根性や体力はなく、プライドもないなんて。本性はないない尽くしの軟弱者ですか？」

「そういうお前には……プライドとかあるのかよ⁉　可畏を怒らせたら自分は襲われてたぶん負けるって、そういう前提で話してただろ⁉　レアレアいってるわりには弱いんだな！」

「まだ減らず口が叩けるなんて、驚きましたね。弱い犬ほどよく吼えるというやつですか？」

潤はぶら下がりながらも背後のリアムを睨みつけ、鉄骨の上に乗るために足掻《あが》く。

両足をばたつかせながら、辛うじて脱げない靴の中で爪先に力を籠めた。

動いても動かなくても手に負担がかかり、指の感覚がなくなっていく。

「当初の予定では、君が私のことを好きになって……可畏から私に乗り換えるという筋書きになっていたんですよ。私はこの通り美しく、表面的には優しいですから。何より恐竜としても可畏以上のレアです。その筋書きには説得力があるでしょう？　君の心変わりに傷ついて怒り狂った可畏は、プライドの高さ故に恋敵を攻撃したりはできずに、恋人の方を食い殺して……愛なんて元々なかったことにするに違いないと思ったんです。そして愛の虚しさを思い知り、本来の孤独な暴君に戻る。クリスも私も、そう予想していました」

「――っ、う……御託《ごたく》はいいから、降ろせ！　俺を地面に降ろしてくれ！」

根性を見せようにもどうにもならず、潤は自分の体の重さに耐え切れなくなる。

疲労して全身を真っ直ぐ伸ばしながら、痙攣《けいれん》するように小刻みに震えた。

今は風が穏やかになっていたが、それでも寒くて仕方がない。

もちろん恐怖による震えもあった。再び強風に襲われたら間違いなく飛ばされるだろう。

高圧電線に触れて黒焦げになって死ぬか、潰れた果実のようにグチャグチャになって死ぬか、
二つしかない選択肢を迫られているかのようだった。

――可畏……っ、助けてくれ……可畏！

業務用冷凍庫に吊り下げられた家畜の肉になった気分で、潤は可畏の助けを求める。

腕が千切れそうなほど痛み、生理的な涙が止まらなかった。

「君は私の恋人になる――そう思いながら調査報告書を読み、日本に来たというのに」

「う、あぁ……やめ……ぁ！」

後ろからベルトを外された潤は、足を揺らして抵抗する。

その反動は自分の両手に返ってきて、動けば動くほど激痛が走った。

スラックスや下着の中に手を入れられても、息を殺して耐えるしかなくなる。

怒鳴るだけでも腕の関節が外れそうで、今はこうしているのが最善だと判断した。

「や、やめ……っ、ろ……」

「憎い餌と恋人同士の振りをするなんて冗談じゃないと思っていましたが、実際に会って君の匂いを嗅ぎ、味見してみて、考え直しました。美味な血肉と芳しい肌、そして何より……私の隣に立っても遜色《そんしょく》ないこの美貌。帝訶様と未来の我が子を奪われた恨みは忘れていませんが、君の価値は認めています。餌として、或いは性奴として――」

「あ、ぁ……い、嫌だ」

スラックスと下着を膝まで下ろされた潤は、両膝を曲げることで衣服の落下を防ぐ。

屋外で性器や尻を丸出しにされる羞恥に、これまでとは違う涙が溢れだした。

「潤……君はとても魅力的ですよ。でも残念なくらい可畏のことが好きなんですね。おかげで計画を変更せざるを得なくなってしまいました。今の君を脅して、『リアムを好きになった。愛している』といわせたところで、あまりにも説得力がありませんから。この数日間、遠目に見ているだけでもよくわかりました。可畏と君にはそういう意味での隙がなく、クリスや私が予想していたよりもずっと……君は可畏に本気だった」

「い、嫌だ……やめろっていってんだろ！」

背後で浮いているリアムの手が胸や性器に回ってきて、シャツのボタンを外される。

ただでさえ冷え切った肌は、霜でも生えたかと思うほど凍えた。

吐息が真っ白になり、陽光が無力に感じられる。

「ふ、うあ、ぁ……！」

「乳首をこんなに勃《た》てて、寒そうですね。今なら私の手を温かく感じられるでしょう？　私に触れられることを喜んで、死と隣り合わせだからこそ感じられる快楽に身を委《ゆだ》ねなさい」

「リアム……ッ、やめろ！　嫌だ！」

ジャケットとシャツが風を孕んで広がり、瞬く間に左右の乳首が露わになる。

そのうちの一つと、寒さで縮こまった性器を同時に撫でられた潤は、快楽とは無縁の感覚に震え続けた。こんな場所で、しかも鉄骨にぶら下がりながら愛撫されている状況が信じられず、上体に走る痛みに苛《さいな》まれる。

「好きでもない奴に……こんな、寒くて怖いとこで触られて……感じるわけ、ないだろ！」

苦しい息の中で叫んだ矢先、リアムの体が前方に回ってくる。

手の届く範囲に来られると、言葉とは逆の行動を取りたくなった。

鉄骨から両手を離して、リアムの体に思い切りしがみつきたくなる。

そうすれば痛みから逃れられる。落下することもなく、楽に浮くことができるのだ。

「う、ん……っ、ぅ」

迷っているうちに顔が迫り、唇を塞がれる。

ただのキスではなく、唾液を求める竜人らしいキスだった。

そうしながら剝きだしの尻を抱えられ、体を少しだけ浮かされる。

「は……あ……ぁ、あ……」

わずかな力だったが、リアムに抱えられることで腕や手にかかる負荷が減った。
ただそれだけで、体中の細胞が一呼吸するような安らぎを覚える。
性器や乳首を愛撫されるよりも気持ちがよくなって、心まで幸福に満たされた。
今にも、「もっとしっかり抱いてくれ」と強請りたくなるほどの安堵感だ。
気づいた時には、鉄骨から手を離して彼の体にしがみついていた。
「ん、う……ふ……」
送電線から離れながらの空中キスは、蕩《とろ》けるほど甘いものになる。
リアムの言葉通り、今は彼の体温がとても心地好く感じられた。
もう二度と寒さも痛みも味わいたくなくて、必死に縋りつく。
「は、あぁ……う、ぁ……!」
尻に回されたリアムの指が蠢《うごめ》き、あわいを探られた。
舌を吸われながら後孔に指を挿入されると、誰に抱かれているのかわからなくなる。
凍えたあとの温もりはありがたく、人肌に触れているだけで幸せだと思えた。
「ん、う、ふ……ぁ」
精神的に酷く消耗していた潤は、手の中にある肉体を辿《たど》る。
キスをしながら、血の通った筋肉の感触を確かめた。
——駄目だ……コイツは、可畏じゃないのに……。

色づいた木々が視界に迫り、潤は高い木の上に降ろされる。

辛うじて落とさずに済んだ靴の底が枝に触れ、体重が載った。

今もまだ危険な場所には違いないが、ここは暖かく、風もない。

「あ……ぁ、やめ……っ、やめろ！」

草木や土の匂いを吸い込んだ潤は、いくらか冷静さを取り戻した。

しかしリアムの体が命綱である状況は変わらず、派手に抗うことはできない。

抵抗の言葉を口にしながらも、「放さないでくれ」といわんばかりに彼の袖を摑み続けた。

地上から約二十メートルの木の上で、強張りが抜けて弛緩《しかん》した体を組み敷かれる。

シャツは開《はだ》け、下半身は剝きだしになっていて、何も隠せなかった。

「もう、やめてくれ……」

「潤、今から君の精液をもらいます。私の影は飛んでいる間ずっと羽ばたいているでしょう？

空を飛ぶのは簡単ですが、体力は消耗するんですよ」

「──可畏を、裏切りたくない」

木の幹に寄りかかる体勢で足を開かれた潤は、涙を浮かべて訴えた。

しかし聞き入れてはもらえず、性器に唇を寄せられる。

長いストロベリーブロンドが、膝や腿を掠めた。

くすぐるように肌を撫でられる。

「裏切りたく、ないんだ……」

「これは一方的な栄養補給です。私が君に種付けしたら、可畏は匂いですぐに気づいてしまいますからね。君は今日、私に会ってはいません。アウトレットの従業員には帝訶様のお母様が箝口令《かんこうれい》を敷いていますし、何も心配は要りません。君はこのあと自宅に戻って母親と妹の顔を見て、熱いシャワーを浴びて温まり、それから可畏の所に戻ればいい。そして私のいう通りに動いてください。逆らえば……まずは君の家族が犠牲になります」

「やめてくれ……っ、家族を巻き込みたくない！」

「すべては君次第です。標高数千メートルの上空に二人を連れていき、そこから叩き落として見るも無残な姿にするのは、正直私としても面白くはありません。もちろん皆で犯して体液を絞り尽くしますが、それでは物足りない。できればガーディアン・アイランドに連れていって、恐竜化して狩りを愉しみながら食べたいのが本音です」

「やめて、くれ……二人しかいない、家族なんだ。頼むから……」

どれだけ泣いて頼んでも気持ちが伝わっていないことは、リアムの目を見ればわかった。長い睫毛《まつげ》に縁取られた美しい瞳は、人間を殺すことを想像して輝いている。

「──頼むから、助けてくれ……っ」

それでも潤は、リアムの良心に訴えるべく哀願した。たとえ無駄でもこうするしかない。家族の末路を思うと、睨みつけることも、威勢よく振る舞うこともできなかった。

「君が上手くやれた場合は一切手を出しません。家族を惨《むご》たらしく殺されたあとに、最初から大人しく従っていればよかったと、悔やんで泣くのは嫌でしょう？　弱者が臆病であることは、それほど悪いことではありませんよ。そうでなければ生き残れませんから」

「う、ぅ……」

「ああ、そうそう。大事なことをいい忘れていました。別れ話は可畏の部屋でしてくださいね。今現在あの部屋には、盗聴機能付き監視カメラを取りつけてありますから」

リアムの言葉を聞けば聞くほど動悸《どうき》が速くなり、息をするのも苦しくなる。

突きつけられた現実を理解し切れなかった潤は、何度も口を開いて酸素を求めた。

「ご理解いただけたところで栄養補給といきましょう。濃厚なのを、お願いしますね」

「——や、あ……ぁ……！」

肉体的な恐怖が終わっても、心の責め苦は終わらない。

追い詰められた潤は、酸素を吸うだけ吸って唇を噛みしめた。

高い木の上でリアムに性器を舐められながら、黙って涙を呑む。

疲れているのに何故か兆している性器が嫌でたまらなかったが、早く終わらせるために——

可畏の口淫を思い起こした。

《六》

第一寮の食堂で夕食を終えた可畏は、最上階の自室に戻っていた。

潤は午後八時に帰る予定で、迎えの車を手配してある。

しばらく独りで本を読んでいたものの、もうすぐ潤が帰ってくると思うと、目で文字を追うばかりで内容が頭に入らなくなった。

今朝、沢木家を出る際には空腹を抑えて理性を保つことに集中していて、最も食欲をそそる潤の姿を直視しないよう気をつけていたので、別れ際の顔が記憶にない。

妹の澪の体にもそそられるため、可畏は渉子のことばかり見ながら沢木家を出たのだ。

そもそも今回の訪問の目的は、渉子に接触することによって自分の中の「母」のイメージを明確にし、竜嵜帝訶を「母」ではないものとして認識し直すことにあった。

自分が殺した女を「鬼女」と位置づけ、母殺しによる罪の意識を薄めるためだ。

安眠のためには強い自己暗示が必要で、それはどうしても急がねばならない事案だった。

——特別優しいとか母性が強いとか、そういうわけじゃねえけど……。

思いだそうとしなくても浮かび上がる渉子の表情、そして様々な言動が脳裏を過ぎる。息子も娘も平等に、至極当たり前に愛していて、けれども露骨に愛情を強調することはなく、息をするように自然に母親という立場にいる女——。

——俺が殺した女とはまったく違う。あれが母親なら……俺は母親を殺したわけじゃない。俺が殺したのは盛りのついた雌だった。俺の子種を欲する、下劣で浅ましい雌だ。

可畏は椅子の背凭《もた》れに身を預けながら本を閉じ、ベッドに目をやる。

自分が毎夜うなされていることも、その度に潤を起こしていることも宥《なだ》められていることも知っていた。竜ヶ島から帰ってからずっと、悪夢に苛まれている。

求める安眠は自分だけのものではないのだ。

このままずるずると、情けない夜を繰り返すわけにはいかない。

潤に弱みを見せることを恐れてはいないが、これ以上心配をかけたくなかった。

「可畏様、潤様がお戻りになりました」

ノックに続いてヴェロキラの声がする。

いつも通り低い声で短く返したが、胸は弾んでいた。

「ただいま」

積み上げた本の山の横で待っていると、潤が部屋に入ってくる。

声に張りがなく、一目見てわかるほど顔色が悪かった。足取りもいつになく重い。

「——どうかしたのか？」

「うん、ちょっとな……」

潤は今にも泣きそうな顔で笑うと、「そこ、いいか？」と訊いてスツールを指差した。フットレストを兼ねた低めのスツールに腰かけ、神妙な顔で溜め息をつく。

「体調が悪いのか？」

「いや、平気。メンタルの問題」

制服のジャケットの上から左胸を押さえた潤は、さらにもう一度溜め息をついた。メンタルの問題といわれても意味がわからず、可畏の心臓はどくりと爆《は》ぜる。嫌な予感しかしなかった。昨日から今日にかけての自分の言動を遡《さかのぼ》る。

「実家で問題が起きたか？」

「……ああ、うん」

潤は曖昧《あいまい》な表情をしながらも、確かに肯定した。それにより、可畏の心は激しく乱れる。宿泊の際に大きなミスをしたとは思えなかったが、自分では気づかない失態があったのかもしれない。特に、朝の出来事については記憶があやふやで自信がなかった。あまりにも空腹で、早く帰りたくて仕方がないという態度を取っていた気がする。

「俺は何か失敗したか？」

普段なら、「そんなことない」とすぐにフォローしそうな潤は、黙って足元を見ていた。

しばらくそうしてから、おもむろに顔を上げる。今日初めて、視線が繋がった。

身長差の他に椅子の高低差も手伝って、見上げる角度で見つめてくる。

「可畏が悪いわけじゃない。ただ、俺達の関係が親にバレて」

思い詰めた顔で吐きだされた言葉に、可畏は息を詰めた。

あくまでも友人の振りをしなければならないことはわかっていたが、感覚の違いか、性的な嗜好《しこう》を徹底して隠すという意識が、自分には希薄だったように思う。

どちらかといえば、竜人社会では当たり前に通用する尊大な態度が表に出ないよう、礼儀にばかり気が行っていた。

「俺が悪いんだ。泊まったりしたらバレる確率高くなるのに、バレてもいいやくらいに、軽く考えてた。風呂入ったあとも、誘ったのは俺だし……本当に、全部俺が悪い」

「母親に反対されたのか？」

「……されたよ。正直いって、自分の息子がゲイだった場合の親のショックとか、そういうの全然わかってなかった。これまでも冗談ぽく疑われてはいたし、うちの親なら平気だろうって、むしろ応援してくれたりするかもなんて……甘いこと考えてたんだ」

潤はそこまで一気に語ると、両目から大粒の涙を零す。

親に恋人との交際を反対されて泣く心理が理解できず、言葉をかけられなかった。

本で得た知識や立場の置き換えをしてみても、本当の意味で潤の気持ちはわからない。

ただ、自分の中にも胸を抉《えぐ》られるような痛みはあった。

昨夜も今朝も、愛想よく笑顔で自分を歓迎していた潤の母親が、本当はまったく別のことを考えていたのかと思うと、母親という生き物がますますわからなくなる。

潤を除いて初めて、この人には嫌われたくないという明確な意識を持った相手に、自分は忌々しい存在として認識されたのかもしれない。屈託ない微笑みの下で渉子が何を思い、潤にどんな言葉を浴びせかけたのか、想像するだけで息をするのも苦しくなる。

「こんなことになって、ごめん……俺が悪いんだ」

「母親を説得すれば済む話じゃねえのか？」

「――したよ。したけど、駄目だった」

「駄目ってのはどういうことだ？」

「別れたいってことだよ」

その瞬間、潤は目を逸らした。涙に濡れた頬に掌を押し当て、「ごめん」と呟く。

ゆったりとした椅子に腰を沈めていた可畏は、椅子や床ごと奈落《ならく》の底に転がり落ちる錯覚に陥った。

音もなく静かに、意識が闇に吸い込まれる。いったい何が起きているのかわからなかった。

「……別れる？　俺と？」

可畏の中に、潤と生き別れるという選択肢は存在しない。

潤に限らず、これまで抱いた愛妾や生餌《いきえ》とは、例外なく死に別れてきた。実母の竜嵜帝訶や、兄達に攫われて食われた者もいるが、奪われるのが嫌で自ら下げ渡した者もいる。そのほとんどは草食竜人で、罪の意識などなかった。

暴君竜として、そういう別れ方しかあり得なかったからだ。

「可畏に、人間の感覚を押しつけるのは酷いことかもしれないけど、でも、わかってほしい。嫌いになったわけじゃなくても別れることはあるんだ」

「本気でいってんのか？」

「男同士に限らず、親に反対されて駄目になるとか……結婚とか絡んでなくても普通にあるよ。受験のために別れたり、親の転勤で別れたり、好き合ってても離れ離れになることはあるし。何も永遠にどうこうって話じゃないんだ。けど今は可畏と距離を置いて……寮を出て家に戻りたい。気が動転してる母親を安心させて、とりあえず落ち着かせたいんだ」

潤のいっていることを受け入れられず、可畏は本の山を叩き崩す。

デスクの上にあったすべての本が床に落ち、けたたましい音を立てた。

目の前でびくついた潤は、スラックスの膝を掴みながら居竦まる。

「母親が、そんなに大事か？」

「大事だよ。けど……お前のことも大事だし、お前を信じてる。信じてるからこそ、こういうことがいえるんだ。信じてなかったら、殺されるのが怖くていえない」

両手を震わせ、涙を零しながらいう潤に、可畏の気持ちは大きく揺れる。

どういう答えが理想的か、そんなことはわかっていた。

しかしそれは知識として得た答えであって、自分の中から湧きでた答えではない。

今ここで、潤が安心するような言葉を口にしても、実際に潤を手放すことなどできるはずがなかった。

「俺が死ぬまで、そばにいろといったはずだ」

「可畏……」

可畏は椅子から立ち上がり、低めのスツールの上で固まっている潤を睨み下ろす。

竜人の血によって一命を取り留め、最早ただの人間ではなくなった身で、人間の普通の恋人同士のように別れるなんて──そんなふざけたことは許せない。

寮から出ていく？　家に戻る？　冗談じゃない。毎夜うなされる悪夢より最悪な展開だ。

そんな現実を生きるくらいなら、悪夢の中で何度でも実母を殺そう。兄を殺そう。

そうして悪夢の中を彷徨《さまよ》っている方が、潤のいない現実より遥かにマシだ。

目覚めれば必ず潤が隣にいるなら、どんなに悪い夢でも耐えられる。

「う、うぁ……可畏！」

気づいた時には潤の胸倉を摑んでいた。

踵《かかと》が浮くほど高く持ち上げて、そのままベッドまで引きずって行く。

潤が低い悲鳴を上げたが、構わずベッドに放り投げた。

緩く結ばれたネクタイを乱暴に解き、シャツを引き裂く。

ボタンが弾け飛んで頬に当たった。自分がしていることを自覚する。

それでも止まらなかった。そして潤も、止めようとはしない。「嫌だ」とも「やめろ」とも
いわず、抵抗一つせずに、仰向けのまま身を強張らせる。

「俺に向かって『信じてる』といえば、どうにでもコントロールできると思ったか？」

「可畏、そんなんじゃない。俺は本気でお前を信じてる！」

「信じてるんじゃない。俺の好意の上に胡坐《あぐら》をかいて、俺より親を優先してるだけだ。お前は母親を傷つけないために俺を突き放す選択をした！　俺との約束を破り裏切っておいて、何が信じてるだ！」

「……可畏っ」

体中に怒りが満ちていた。理性では消火できない炎が、どこまでも燃え上がる。

潤の制服や下着を荒々しく剝ぎ取った可畏は、細く白い足を摑んで広げた。

片時も離れずにそばに置いておきたい愛しい体が、目の前にある。手の中にある。

月に一度、帰省させることさえつらかった。淋しくて眠れなくて……それでも耐えて、潤が望むままそれなりの自由を与えてきた。気を配って愛してきたのに、別れるなんて……離れて暮らす選択肢が潤の中にあるなんて、許せない。そんな世界はあり得ない。

「……可畏、っ……ま、待ってくれ……！」

薄桃色をした小さな肉孔に、激昂に猛り狂った性器の先を押し当てる。

これまで抵抗しなかった潤が、恐怖に引き攣った顔をして急に暴れだした。

それも当然だ。このまま挿入すればどうなるか、可畏とてわからないわけではない。

竜人と人間という種族の差がなかったとしても、無茶をすれば体格の差で潤を苦しめる。

大事にしたいのに、可愛くてたまらないのに、今は罰したかった。肉が裂けようと血が噴きだそうと構わずに、この怒りを刻みつけてやりたい。

「い、痛い……ひ、っ……あぁ……！」

「──ッ！」

乾いた肉孔を抉《こ》じ開けようとした可畏は、仰《の》け反《ぞ》る潤の悲鳴に動きを止める。

摑まれた両腕に潤の爪が食い込んで、自分も痛みを与えられた。

憐れだから止まったわけではない。腕が痛いから止まったわけでもない。

このまま無理をしたら、挿入する側の自分も痛みを感じ、まるで快楽を得られないから……

だから止まったんだと、そう思いたかった。

自分は今、とても怒っている。ぶれない怒りを抱えて、潤を罰している。

腕に食い込む潤の手を振り払った可畏は、ヘッドボードの抽斗《ひきだし》を開けた。

いつも使っている潤滑剤のボトルを取りだし、ゼリーを指に塗りつける。

重いテクスチャーは肌に触れるとたちまち温かくなり、ぬるつきながらも軽やかに溶けた。

こんな物を使わずに無茶な挿入をしたこともあったが、どれだけ痛がらせても、潤はいつも最後には感じて、蕩けるような顔をした。後孔に傷を負い、出血しながらも両手を回して縋りついてきて、「もっと……」と強請ってくるのが常で――。

「ん、あ……あぁ、ぅ……！」

ゼリーを孔に注ぎ込むように塗ると、潤は甘い声を漏らす。

嫌がる素振りは見せず、体にも四肢にも力が入っていなかった。

制止の言葉を口にしたのは激痛を避けるためで、抱かれること自体を嫌がっているわけではない。勘違いでも自惚《うぬぼ》れでもなく、揺るぎない好意が確かに存在するはずだ。お互い命懸けで苦難を乗り越え、今があるのに、親に反対されたくらいで壊れるわけがない。

「ふ、あ……あぁ……」

足を大きく開かせて中を弄ると、潤は腰を浮かせて身悶えた。

両手でシーツを握りながら、胸まで反らせる。真っ白な肌から突きだすように、淡い乳首がぷっくりと膨らんで勃っていた。性器も同じく、反り返って透明な蜜を零す。

「指入れられただけで勃ってんじゃねえか。こんな体で俺と別れられるわけがねえ！」

「――っ、ぁ……あ……んぅ……！」

可畏はグチュグチュと激しく指を動かし、潤の前立腺を刺激した。

潤は涙を浮かべながら見上げてくる。

こんなに欲しがってるくせに、俺のことが好きなくせに、親を選んで俺を捨てるなんて——一瞬でもそういう選択をしたことが許せない。事故で死ぬはずだったこの体が誰の血によって生かされ、誰の物になったのか、痛みと共に思い知らせてやりたい。

「う、あ、あ……痛ぅ……あ——ッ‼」

大して慣らさぬうちにズブズブとねじ込み、いきり立つ性器を埋める。

怒張した過敏な器官が、柔らかい肉に締めつけられた。潤の中はとても熱い。

おそらく最高に気持ちがいいはずなのに、快楽中枢が蝕《むしば》まれ、悦びは感じられなかった。

可畏が腰を揺らし、奥へ奥へと侵攻していく間、潤は悲鳴をこらえて震え上がる。

激痛に涙し、歯を食い縛って耐えていた。そのくせ両手を肩に回してくる。

「潤……」

小刻みに震える手で肩を摑まれ、引き寄せられた。

手が滑り落ちても上腕を摑まれて、やはり引き寄せられる。

「——可畏……っ」

琥珀《こはく》色の瞳は涙に揺れ、中途半端に開いた口はキスを求めていた。

深く繋がったまま身を沈めると、唇に食らいついてくる。

熱い舌を絡め、吸い合わずにはいられなかった。

「ん、う……っ、ぅ……ふ……」

「──ッ、ゥ……」

もう大丈夫なのだろうか。気は変わっただろうか。「母親を泣かせてもお前を選ぶ。お前を独りにはしない。あの日の誓い通り、死ぬまでそばにいる」と……そういって、こんなふうに当たり前に抱き合う日々を続けてくれるだろうか。

──お前だけだ……俺が欲しいのは、お前の心と体と、声と、お前と一緒に過ごす時間だけ。俺が権力や強さを求めるのは、お前と暮らす自由を得るためだ。

お前に去られたら、明日から先の人生が闇に包まれる。

どうやって生きればいいのかわからない──。

「く……ふ、ぅ……んぅ！」

「──ッ、ゥ……ン……！」

呼吸もリズムも何も考えない無茶苦茶なキスをしながら、可畏は忙しなく腰を揺らす。

潤に縋られることでようやく快楽を得ることができたが、心の中心が陥没したように抉れて、溝が埋まらなかった。確かに潤を抱いているのに、結末が怖くてたまらない。

組み伏せて抱いていても、縋られていても、官能は正気を濁すものだと知っているから──精を放ったあとにやって来る冷静な判断が如何《いか》なるものか、それを聞くのが恐ろしい。

「……もっと……っ、可畏……もっと……」

唇が離れた瞬間、切なげに強請られる。

背中が痛いほど爪を立てられ、「もっと……」と、いつものように求められた。

ああ、大丈夫だ。きっと大丈夫だ――可畏はそう信じて身を委ねる。

潤の腰を抱き直し、さらに激しく突きながら劣情を注いだ。


シャワーの音が止んでしばらくすると、ドライヤーの音が聞こえてくる。

可畏は乱れたベッドの端に腰かけ、バスローブの胸元を握りしめた。

キリキリと胃が引き絞られるのを感じて、深呼吸を繰り返す。

ここから先はいつも通りだと信じていた。多少ぎこちなくても、潤は普段通り笑ってくれるだろう。困り顔をしつつも笑って、「さっきはごめんな……」というに決まっている。

動揺する母親を見て一時的に最悪な決断をしたことを、自分は寛容な態度で許そう。

むしろ、乱暴に抱いたことを悔やんでいる今の気持ちを示し、潤の体を包み込みたい。

最終的には母親よりも自分を選んでくれたことに感謝しながら、飽きるほど口づけたい。

「潤……」

脱衣所の扉が開き、バスローブ姿の潤が出てきた。

あとは寝るだけのはずなのに、完全に乾かした髪は整えてある。

潤はこちらを見ることも声をかけることもなくクロゼットルームに向かい、扉を閉めた。

抽斗を引く音が聞こえてくる。ゴソゴソと、大きな物を取りだしているようだった。

長いファスナーを開ける音が続く。おそらく学院指定のスポーツバッグだ。

その中に私物を詰め込んでから、制服に着替えているのがわかる。

「——可畏、ごめん……母親が心配だから、もう行く」

クロゼットルームから出てきた潤は、俯《うつむ》き加減でそういった。

大して荷物の入っていないスポーツバッグを手にしており、爪先は主扉に向かっている。

先程まで縋りついてきたあれはなんだったのか。愛情を再確認して誤った決断を正すためのセックスではなく、別れの……最後のセックスとして求め、縋りついてきただけならば、潤を信じた自分があまりにも惨めだ。

「本当に、ごめん……じゃあ、また……」

潤は可畏の顔を見ることなく、バッグの持ち手を握りしめる。

俯き加減のまま背中を向けて、扉の方へと歩きだした。

そのあとを追って左手を伸ばし、肩を掴まずにはいられない。

振り上げた右の拳を止められなかった。怒りの感情を抑え切れない。

可畏は頭のどこかで、自分が過去にした行為に対する見返りを求めていた。

俺は母親と兄を殺してまで、お前を選んだのに——そんな言葉が喉まで込み上げる。

頭の中は、情けなくて絶対に口にできない怒鳴り声でいっぱいだった。

お前は俺のために親を泣かせることもできないのか⁉　俺が毎晩うなされているのを知っていて、ここに置いて出ていくのか⁉　お前が望むならどんな望みでも叶えてやる。いくらでも甘やかして可愛がってやる。だがそれは、お前が俺のそばにいることを前提とした話だ！

無償の愛になどなり得ない、醜い叫びが木霊《こだま》していた。

何もいえない代わりに、可畏は拳を振るう。

柔らかくも硬くもない物を殴った衝撃が、心臓を痺れさせた。

いつから息を止めていたのか、可畏は口を開けるなり呼吸を再開する。

肩が上がり、ゼイゼイと激しく息が乱れた。

歪んだ視界には赤い物がちらつき、たまらなく甘美な香りに鼻を擽られる。

「——潤……！」

壁にぶつかって倒れ込んだ潤の頭から、血が滴り落ちていた。

こめかみが切れ、琥珀の瞳は虚ろに揺れる。

悲鳴も上げずに倒れたのは間違いなく潤で、殴ったのは自分だ。世界中の何よりも大切だと思った相手を……絶対に守ると誓った恋人を、この手で傷つけてしまった。

気を失った潤をベッドに寝かせた可畏は、マットの端に座りながら自分の指の骨を折る。

左手で右手の指を一本ずつ、ボキボキと音を立てて折ると、激痛と共に呻《うめ》き声が漏れた。

脂汗が浮かんできて、玉を結んで頬を滑る。

唇は疎か歯列まで震えて、強烈な吐き気に襲われた。

気が遠くなるほどの痛みは、自制の利かぬ自らに課した罰だ。

しかしそれ以上に頭が痛む。

脳裏に潤の母親──沢木渉子の顔が現れ、竜嵜帝訶の顔と重なるせいだ。

二人の女は強《した》かに笑いながら、激痛に震える自分を見下している。

お前は愛されていない──と、笑いながら指を差してくる。

──違う……！　愛されてないわけじゃねえ、殴りたくて殴ったんじゃねえ！　あの女さえ邪魔しなけりゃ、俺はもう二度と潤に手を上げなかった。コイツを大事にできたんだ！

潤を痛めつけた右手に、可畏はさらなる罰を与える。

最初に折った親指の骨が完治したため、もう一度逆方向に折り曲げた。

「……グ、ゥ……ッ、ゥ……！」

あまりの痛みに嘔吐《おうと》しかけて、口を掌で押さえ込む。

竜人は人間とは比較にならないほど治癒能力が高く、骨折してもすぐに治る。

可畏の血を輸血されたことで、潤もまた、類稀《たぐいまれ》な治癒能力を得ていた。

潤のこめかみの傷が完全に塞がり、顔の腫れが引くまで続けようと決めていた罰も、これで終わりだ。潤の怪我はすでに治り、乾いた血がついているだけの状態になっていた。

――あの女さえいなければ、潤は俺のそばにいる。完全に俺だけの物になる！

不自然な方向に曲げた親指を痙攣させながら、可畏は渉子の顔を思い返す。

笑った顔しか想像できなかったが、それはあの女の表層に過ぎない。

裏の顔を隠すか隠さないかの差はあれど、結局は帝訶と同じだ。

息子を思うままに操ろうとして、女という性を利用する。

――殺してやる！　俺から潤を奪う奴は、誰であろうと許さない！

潤の寝顔から険しさが消えたのを見届けた可畏は、治り切らない右手で拳を作る。

骨などいくら折ってもそのうち治るが、心は黙っていても治らない。

潤にとって自分は、場合によっては切り捨てられる程度の存在だと知ってしまったことで、潤への信頼も、愛そのものへの期待も、ズタズタに折れてしまっていた。

《七》

潤《じゅん》が眠っている間に学院を出た可畏《かい》は、リムジンを走らせて沢木《さわき》家に向かう。

潤の母親の渉子《しょうこ》を殺し、場合によっては妹の澪《みお》も殺す気でいたが、こそこそと隠れることはなく、変装してくることもなかった。いつも通りの制服姿だ。

閉所恐怖症の自分用に改造した大型リムジンをマンションの前に停めさせ、運転手の山内《やまうち》にこの場で待機しているよう命じる。「数分で戻る」といい置いた。

人間の一人や二人、悲鳴を上げさせずに瞬時に殺すのは簡単だ。

潤の部屋にあったスポーツバッグにでも詰めて、一人ずつ運びだせばいい。

ベジタリアンではなくとも、人間の女を食いたがる肉食竜人はいくらでもいる。

容易に恐竜化できるサイズの竜人に食わせれば、よくある失踪《しっそう》事件で終わる話だ。

騒ぎになろうと目撃者が出ようと、警察上層部やマスコミ各社に潜む竜人を動かして、握り潰《つぶ》せばそれで済む。

エレベーターを使わずに階段で上階まで上がった可畏は、黙って扉を見据えた。

菓子折りを持って潤と共にここに立ったのは、つい昨日のことだ。

あの時とは違う緊張感に襲われて、思わず息を詰める。

家族を殺された潤は、放心して半狂乱で泣くだろう。

死体が出なくても、失踪した時点で誰が何をやったかわかるはずだ。

激しく憤り、嘆いて、明るく元気だった潤は消えてしまうかもしれない。

自分は潤の愛情を失い、監禁して体だけを縛りつけ、無理に抱くばかりになる。

どのみち愛情など幻で、最初から存在しなかったのだ。

潤は優しく、慈愛に満ちていて……特殊能力により読み取った感情に同調していただけで、より不憫《ふびん》なものがあればそちらに行ってしまうような人間だ。

可畏が孤独でかわいそうだと思えばこちらに。ショックを受けて嘆く母親が憐れだと思えばあちらに。そんなふうに揺れる心を信じて、運命的なものを感じた自分が馬鹿だった。

「――はーい……あら？　竜嵜《りゅうざき》くん？」

チャイムを押すと回線が繋《つな》がり、渉子の声が聞こえてくる。

このマンションはエントランスにオートロックシステムがないため、チャイムを押してから家人と顔を合わせるまでの時間が短い。今、扉を隔て……距離にして三メートルほどの位置に渉子がいる。足音を立てながら、狭く短い廊下を歩いて迫ってくる。

無防備に施錠が解かれた。ガチャガチャと鳴り、扉が開く。

「こんばんは、こんな時間にどうしたの？　潤は？」

サンダルを履いた渉子は部屋着姿で顔を出し、化粧気のない顔で我が子の姿を求める。

部屋着の襟ぐりは広めで、鎖骨が見えた。首は細く、へし折るのに邪魔な髪は束ねてあって都合がいい。片手で触れてほんの少し力を籠《こ》めれば、それで終わる命だ。

この女はもう二度と、潤に対して何もいえなくなる。「同性の恋人は認めない」とも、「寮を出て家に帰ってきなさい」ともいえない、無言の肉塊になる。

「——竜寄くん一人？　どうしたの？　あ、忘れ物？」

一言も喋《しゃべ》らない可畏を前に、渉子は困惑した様子を見せた。

それでも終始笑みを張りつけた顔をして、可畏の答えを待っている。

目撃者を極力減らすためにも、早く玄関に踏み込んで終わらせた方がいい。

一歩進んで後ろ手に扉を閉めて、首をへし折って……澪が気づくようなら、すぐさま彼女も始末しよう。

今回は誰にも任せず、自ら殺《や》ると決めたのだ。

潤を殺そうとしたあの時とは違い、気が変わる心配はないのだから——。

「なんだかつらそうな顔してるけど、大丈夫？」

可畏が行動に移そうとした直前、渉子は眉根を寄せて表情を変えた。

自身の末路など思いもよらぬ顔で、「どうぞ入って」といってくる。

可畏は黙って玄関に入ったが、扉が閉まっても何もできなかった。

目の前の憎くて邪魔な女は、潤をこの世に生みだし、あのように育てた功労者だ。

母親だからといって息子を思うままにしていいわけはないが、しかしこの女がいなければ、自分は潤に出会うこともなく、闇を恐れて孤独の中で暴君を演じ続けていただろう。

潤の顔も体も、あの温もりも微笑《ほほえ》みも、明るい声も、すべてはこの人から発生したもの……女手一つで愛情を注ぎ、時に叱り、大切に育てた末に出来上がったものなのだ。

「潤、と……」

渉子の首に向かうはずの右手で拳を作ると、口が勝手に開いて言葉を漏らす。

不思議そうに見上げる渉子に向かって、可畏はもう一度、「潤と……」と切りだした。

胸が苦しくてたまらない。自分の大切なものが誰から生まれ、どうやって育《はぐく》まれてきたか、それが頭から離れない。

「――別れたく、ありません」

潤を愛していることを認められるようになった時、自分は確かに潤の両親に感謝した。

その時の気持ちを思い起こしながら、今本当にするべきことを、したいことをする。

小さな靴が並ぶ玄関で、か弱い人間の女に向かって頭を下げた。

潤の信頼を失いたくない。今まで通り笑っていてほしい。

そしてこの女にも、潤の妹にも、生きていてほしい。

「交際を……」

「ちょっと待って、そんなシリアスにならないで」

「――ッ」

交際を認めてください――そういいかけた可畏は、頭と一緒に沈めていた肩を掴《つか》まれる。

言葉を止められたが、しかし明確な拒絶とは違ったものに感じられた。

「ごめんね、今は待って」

さらにもう一度待てといわれて、可畏は少しだけ顔を上げる。

涉子と目が合った。

困り顔に見えたが、やはり強く拒まれてはいない。

彼女は一旦後ろを振り返り、澪の部屋の扉をちらりと見た。

「潤の態度を見てればだいたいわかるわよ。竜泉《りゅうせん》に転校した経緯もかなり変だったしね。私はそういうの偏見ないし、潤が幸せそうで、竜嵜くんが真剣ならそれでいいんだけど……二人共まだ高校生だし、今からハッキリさせなくてもいいと思うのよ。だからほら、このまま何年か続いたら、ね？　その時また改めてくれればいいから」

涉子は声を潜めていうなり、「娘はほっとしてるみたいだけど」と付け加える。

わけがわからず呆然《ぼうぜん》とする可畏に向かって、苦笑してみせた。

「あれで結構お兄ちゃん子だから、他の女の子に取られたくないのよ」

渉子のいっていることを正しく理解できているのかいないのか、可畏は聞き取れない異国の言葉を聞いているような気持ちのまま、「はい……」と答える。

それがこの場に相応《ふさわ》しい相槌《あいづち》なのか自信がなかったが、苦々しく笑う渉子の表情は、彼女の素直な気持ちの表れに見えた。

息子に同性の恋人がいることを、今はまだ深刻に考えたくないが、特に強い嫌悪感は持っていない――諦め混じりで半ば認めているような、複雑な顔をしている。

「ベジタリアンだし、肉や魚を見るのも駄目だし、革製品や毛皮も苦手だしで……色々凄《すご》ーく面倒くさいところのある子だけど、とりあえずよろしくね」

渉子を殺すはずだった右手に、彼女の手が伸びてくる。

軋むほど強く握っていた拳を、ぽんぽんと、軽く叩《たた》くように触れられた。

その度に、可畏の中に凝縮していた殺意が霧散する。拳も、ようやく開くことができた。

《八》

可畏に左側頭部を殴られた潤は、天蓋《てんがい》ベッドの中で眠り続ける。

最初は痛かった頭も、今は重い程度で済んでいた。

ティラノサウルス・レックスの遺伝子を持つ竜人――可畏の血液を輸血されたことで、潤は極めて優れた治癒能力を得た。

人間でありながらも、草食竜人の生餌《いきえ》らを上回る速さで傷を治し、死にさえしなければ半死半生の状態からでも速やかに回復することができる。

――こんな体で可畏と別れて、そのあとどうすんだよって感じだし、そもそも可畏と別れる気なんて全然ないけど……でも、母さんと澪の命には代えられないから。とりあえずいわれた通り別れて、可畏の父親を納得させて、リアムがハワイに戻って監視の目が緩んだら……折を見て絶対元に戻れるって、そう思ったんだ……。

ただでさえ傷ついている可畏の心を、さらに傷つけるのはつらい。

それでも命さえあれば、身も心も回復する機会は得られる。

自分はリアムに脅されていて、リアムを動かしてるのはお前の父親だ――と、すべて可畏に告げることも考えたが、それはできなかった。

寮の部屋に取りつけられた監視カメラの存在や、家族を殺すと脅されているせいもあるが、父親に対する可畏の気持ちを事前に読み取っていた潤には、本当のことなどとても話せない。

母と兄殺しの罪を背負う可畏にとって、クリスチャン・ドレイクは特別な存在であり、心を寄せる唯一の肉親に他ならないからだ。

――そんな大事な人が、お前を傷つけたがってるなんていえない。人間にはよくわからない感覚だけど、たぶん竜人の父親としては間違ってないんだろうし……それでも可畏は、きっと傷つく。俺と一旦別れるとかそういうことよりも、ずっと深く傷つくと思ったんだ。可畏は、父親に対して俺に対するように素直にはなれないだろうから……肉親だからこそ余計に、一度おかしくなったら取り返しのつかない溝が生まれると思った。

あの時はそう考えて嘘をついたが、今は間違っていたのだとわかる。

頭を殴られる直前、振り返って可畏の表情を見た。とても忘れられない顔だった。

自分もつらいと思ったけれど、与えた痛みに比べたら至って軽い。

殴ったあと、酷く後悔しただろう。本当は、もう二度と殴りたくなかったはずだ。

「――可畏……」

瞼《まぶた》を半分ほど上げた潤は、薄暗い部屋の中で可畏の姿を目にする。

ずっとそばにいてくれたんだと思うと、涙が零れた。

とにかく謝りたくて、「ごめん……」と呟《つぶや》く。

クリスチャン・ドレイクの命令によるものだと告白するべきか否か、今でも迷っている。

そんなことを告げたら親子の仲に亀裂が入るだけではなく、怒り狂った可畏は、手近にいるリアムを殺してしまうかもしれない。

可畏自身もレア中のレアと認めていたリアムを殺《あや》めれば、可畏の立場は危うくなり、クリスチャン・ドレイクが可畏と戦って報復するという展開も考えられる。

そういうことがあり得る種族だということを、潤は自分の目で見てきた。

肉親と戦って、今よりもさらに苦しむようなことがあってはいけない。

絶対に、それだけは避けるべきだ。

「可畏……さっきは、ごめん。本気で別れるんじゃなくて……少しだけ、しばらくの間だけでいいんだ。別れた振りでいいから、お願いだから、今は俺の頼みを聞いてほしい」

潤は監視カメラの存在を意識しながら、限りなく小さな声で告げた。

盗聴されていることとは関係なく、やはりクリスチャンの命令だとはいえない。

部屋が薄暗いうえに涙で表情がろくに見えず、可畏が怒っているのか落ち着いているのか、まるでわからなかった。でもきっと傷ついている。自分が思慮に欠け、可畏の気持ちを察する努力が足りなかったせいで――。

「俺は必ず戻るよ。お前と本気で別れるなんて、そんなの絶対あり得ない」

潤はより一層小さな声で囁《ささや》き、可畏の顔に手を伸ばす。

愛しい感触を期待したが、触れた瞬間びくっと指が震えた。

期待を裏切る奇妙な刺激は、違和感というよりも恐怖として伝染する。

「……っ、あ……」

触れたのは明らかに無精髭《ぶしょうひげ》で、可畏の滑らかな頬とは違っていた。

慌てて手を引くと、手首をぐわりと掴まれる。

頭上では、巨大な肉食恐竜の影が動いた。

「お目覚めかい？　ベジタリアンのお嬢さん」

「か、可畏じゃ……な……」

驚愕《きょうがく》に飛び起きるや否や、潤はマットの上に押し戻される。

可畏がいるべき場所に座り、ふざけた呼び方をしてくる男の笑顔が、真上に来た。

よく知っているようで、まったく知らない初対面の男だ。

しかし誰なのかはすぐにわかった。

竜泉の制服ではなくカラーシャツに白衣を着て、可畏よりも浅黒い肌を持つ男――印象的な白眼の中の黒い瞳も、血のような赤が交じった虹彩も、可畏とよく似ている。顔立ちも同様で、無精髭を生やしているうえに相好《そうごう》を崩していたが、それでも可畏に似ていた。

年は三十代後半から四十程度に見える。実際には三十八歳のはずだ。

人間としての姿に限らず、背負う恐竜のシルエットも可畏とほぼ同じで、超進化型ティラノサウルス・レックスの立体的な影が、ベッドの天蓋を突き抜けて鼻先を寄せてくる。

「T・レックス……可畏と、同じ……っ」

「そうだよ、君の彼氏のパパだ」

「う、あ……ぁ……！」

「写真で見るより可愛いな。可畏が好むのもよくわかる」

抗《あらが》い難い力で組み敷かれた潤は、こめかみに流れる涙を舐《な》め取られる。

振り上げた左手もすぐに摑まれ、右手首と纏《まと》めて頭の上に縫い止められた。

布団に覆われた両膝を押さえられると、身じろぐことすら困難になる。

「い、嫌だ……やめて……ください……っ」

「ついさっき日本に着いたところなんだ。君の涙で旅の疲れを癒してもらおうか」

「ひ、あ……！」

耳の中に流れ込んだ涙を舐め啜《すす》られ、潤は背中を浮かせて抵抗した。

初めて会った男に……しかも恋人の父親に顔を舐められている状況が信じられず、肩を竦《すく》めながら震え上がる。何より、可畏に向けた秘密の囁きをクリスチャンに聞かれたことで、これから先のことが心底恐ろしくなった。

「内緒話は困るんだよ。君の役目は、可畏を残虐非道な暴君に戻すことだ。リアムから説明を受けただろう？　可畏の愛情を受ける君にしかできない……大事な役目だ。可畏のプライドや恋心を傷つけて、誰も愛さない孤独な暴君に戻してくれないと、僕はとても困る。『親に反対されたから別れて』なんて、設定が温《ぬる》くて笑えなかったよ。リアムの指導が甘過ぎたのかな、もっと真剣にやってほしかったのに」

「——っ、うう、あ……！」

淡々と語りながら耳を齧《かじ》られ、潤は自分の体が彼にとって餌であることを自覚する。

無精髭が絶えず肌に触れていて、紛れもなく人間の姿で噛まれているのだとわかっていたが、恐竜に食われる恐怖がついて回った。耳の齧り方も穏やかな口調に反してとても強く、今にも引き千切られそうで恐ろしい。

「……こんなこと、やめてください。可畏は、貴方のことを慕ってるのに、どうしてそんな、孤独にしようとか、傷つけようとか、酷いことをするんですか？　そんな目に遭わせなくても可畏はちゃんと、責任を果たすし……竜王国の王に、なります……！」

怯《おび》えるあまり高めのビブラートになった声で、潤は必死に訴える。

声に力が入らない分、視線には有りっ丈の力を籠《こ》めた。

「責任を果たすとは思えないな。可畏は君のために母親を殺しただろう？　今後もまだ子供を産める雌だったんだよ。それもT・レックスの雌だ。あの恐ろしい帝訶《ていか》姫が、どれだけ貴重な

雌だったか君にはわからないかな？　人間の世界で譬《たと》えるなら……食卓に上がった小魚一尾を巡って、一国の女王が王子に殺されたようなものだ。ああ、そう考えると青筋が立ってくるね。この場で君を八つ裂きにして、可畏の前に肉片を散らしてやりたいくらいだよ」

「――っ、う……」

クリスチャンの表情は変わらなかったが、目が赤く光り、怒りを示す。

可畏とは違い、憤っていてもにこにこと微笑んでいられる男なのだとわかった。

凄まないからといって、怒りの度合いが低いわけではない。

向けられる感情や脅し文句とは裏腹に、手も足もあっさり解放された潤だったが、見えない威圧感から逃れることはできなかった。

物理的には自由になったにもかかわらず、彼が座っているベッドマットの上で固まったまま、縮こまって震えるばかりになってしまう。

「可畏はね、これからたくさん子供を作らなければならないんだ。最強のT・レックスとして生まれた可畏には、優秀な竜人を作りだす種雄として働く義務がある」

「――種雄？」

「そう、種雄だ。竜人の体は特殊で、良質な胤《たね》を作れる期間は限られる。いいかいお嬢さん、あともう少ししたら、可畏の胤の質が最高潮になる発情期がやって来るんだ」

「発情期？　そんなの、もうとっくに……」

「欲情と発情は違うんだよ。竜人の雄には、胤の質が上がる特別な時期がある。しかも人間の出産適齢期とは逆で、雌よりも雄の方が有効な時期が短い。僕が最高の時を選んで作ったからこそ、可畏は完璧なT・レックスになったんだ。強くて大きくて圧倒されるだろう？　可畏は天然物としては僕の最高傑作だ。今後の研究によってリアムを上回るキメラ恐竜を作ることはできるかもしれないが、もう二度と可畏のような息子は作れない。三十過ぎた僕の胤じゃ無理なんだよ。そんなわけで……可畏はこれからとても大事な時期なんだ。今頑張っておかないと将来必ず後悔する。人間の男の子を相手に恋愛ごっこをして、繁殖の邪魔にしかならない貞操観念を身に付けている場合じゃない。お嬢さんが可畏に齎《もたら》した変化は、一つ残らず余計なものなんだよ」

表情豊かに語りかけてくるクリスチャンに、潤は首を横に振ってみせた。

先程齧られた耳がドクドクと脈打つように痛み、傷を治そうとして熱を孕《はら》んでいる。

再び噛まれるのは怖かったが、それでも否定せずにはいられなかった。

彼の主張がまったく理解できないというわけではない。

竜人という特殊な生物の生態について語っていても、基本的な部分では、ゲイの息子に一般的な幸せを押しつけて結婚を推奨する親や、現代女性の社会進出に伴う少子化に苦言を呈する団塊世代の発言と、それほど大きく変わらない気がした。

そんなふうに捉えると、いくらか勇気が湧いてくる。

彼が背負う暴君竜は恐ろしいが、それはいつも見慣れているものだ。

目の前にいるのは可畏の父親——自分の交際相手の父親であって、まずは一人の人間として、思っていることをぶつけてみようと思った。

「オジサンのいい分も、少しは理解できるんですけど……でも何か違うと思います」

「——何が違うのかな?」

「可畏は、完全な恐竜じゃありません。可畏の意思や人間性を無視した種馬みたいな扱いは、おかしいと思います。まずは可畏と話し合ってください」

潤は自分でも驚くほど力強い口調で、きっぱりと反論する。

出会ってから先の可畏の変化を、好ましく思う気持ちに支えられていた。

自分が齎したといわれているその変化は、可畏にとって素晴らしくよいものだと信じたい。

可畏の変化は、可畏自身が自らの心の障壁を壊して、強いトラウマと闘いながら選び取ったものだ。その変化を受け入れることは、彼にとって簡単ではなかった。

可畏は決して楽な方に逃げたわけではない。そして自分も、一緒に壁を乗り越えてきた。

一度は変化を拒んだ可畏によって殺されかけたこともあったが、すべてを許して、彼と共に生きる道を選んだのだ。

「お嬢さん、人間性なんてものは竜人が人間を演じるうえで必要な要素に過ぎないんだ。何かあった時に人間らしい対応をするために知っておかなければならないけれど、習得するだけで十分。本当に身に付ける必要はない。その辺の線引きは竜人として忘れてはいけないものなんだよ」

「そうでしょうか？　可畏は今……人間として凄く成長してると思います。頭はよくても心は子供みたいなところがあったけど、今は確実に違います。自分の息子がせっかく大人になっていってる時に、都合の悪い成長だと決めつけて頭から否定しないでください」

「僕は可畏のためを思っているんだけどね」

「それならそうと、可畏にハッキリいえばいいじゃないですか。親子で話し合うこともせずにいきなり裏から手を回して傷つけて、心を閉じさせたり後退させたり。そんなの親のやることじゃないです。絶対間違ってると思います！」

潤はベッドの上にいながらも、身を乗りだして声を荒らげる。

恐怖と背中合わせではあったが、引かずに少しずつ前に出た。

「──なるほど、君はそういうキラキラした目で可畏を見つめて、美味《おい》しい御褒美を与えつつ自分好みに調教したんだね。結局のところ己の価値観を押しつけているあたり、僕がしていることと大して変わらないと思うけど」

「押しつけたんじゃなく、提示したんです！　竜人も人間も関係なく、色んな価値観に触れて、自分は結局どうするのかを選ぶのは可畏自身ですから。可畏は十八年間、竜人の価値観の中で生きてきて、俺と出会って人間の価値観に触れました。両方知ったうえで少しずつこっち側に歩み寄ってくれた。だからって完全に人間のモラルに従ってるわけじゃないし、俺が竜人側の常識に歩み寄った部分もあります。俺達はお互いにそうやって、譲ってもいいと思える部分は譲って、色々模索しながら生きてるんです！　それが間違いだと思うなら、まずは可畏と話し合ってください。親子で膝と膝を突き合わせて、『男と付き合ってる場合じゃないぞ』って、『今は子作りが一番大事だろ』って、口で説得すればいいじゃないですか！　それでも駄目な時は、可畏の自我がしっかり確立してるってことです。可畏はもう、父親のいいなりになる歳じゃありませんから、諦《あきら》めてください」

潤はクリスチャンの目を真っ直ぐに見据え、揺るぎない信念に従って訴える。

可畏は自分の母親を母ではないものとして認識し直そうとしていたが、この父親は、どうかそんなことにはならずに、話し合って理解し合える存在であってほしいと思った。

「なかなか威勢のいいお嬢さんだな。いや……お嬢さんは失礼だったか。今になってようやく男の子だと思えてきたよ。むしろ竜人の雌のように気が強い。……それで、君は竜人のことも可畏のこともすべて知り尽くした顔で語っているけど、可畏が誰に子胤を仕込む予定だったか、そういう事情についても全部知ったうえで喋っているのかな？」

「……っ、何もかも、全部知ってるわけじゃありません」

「知らなくても十分わかっているから平気だって？」

「はい。大事なことはわかってるつもりです」

「どうかな、これも大事なことだよ」

クリスチャンはベッドから立ち上がると、ソファーの方へと歩いていく。

ローテーブルの上にあった黒いタブレットを手にして、慣れた仕草で操作した。

画面を潤に向ける際に、「こういう時の効果音って、日本語では『ジャジャーン』だっけ？

それとも『バババーン』かな？」と、わざとらしい笑顔で訊きながら差しだしてくる。

「……どちらも間違いじゃないけど、口ではあまりいいません」

「なんだ、いわないのか。滑らないよう覚えておこう」

あえてまともに答えた潤に、クリスチャンは肩を竦めつつタブレットを見せてきた。

仄暗《ほのぐら》い室内で浮き上がる長方形の画面に、見覚えのある写真が表示されている。

それを目にした潤は、背筋が凍りつくような冷感を覚えた。酷く嫌な感覚だ。

「この女性が可畏の御相手だ。君には敵《かな》わないけど、わりと美人だろう？」

画面の中には三人の竜人がいた。

スーツ姿の幼い可畏と、穏やかに微笑むクリスチャン、そしてドレスを着た女性が一人。

可畏が洋書に挟んでいた家族写真と同じ画像――そこには、無残に切り取られていた可畏の母親、竜寄帝訶の顔が完全な形で存在していた。

「その人、可畏のお母さんじゃ……ないんですか？」

「紛れもなく母親だ。そして可畏やリアムの子を産む予定だった雌でもある」

「――っ、え……？」

俄《にわ》かには理解できない言葉に、潤はベッドの中で密《ひそ》かに自分の足首を摑んだ。

何かを強く握りしめていないと心許ないくらい、悪い予感がする。できることならこのまま部屋を飛びだして、可畏の口から聞いていないことは何も聞かずに去ってしまいたかった。

「これは竜人の間で昔から実《まこと》しやかに噂されていたことであり、近年僕が研究の末に実証したことでもあるんだけどね。竜人は血が近ければ近いほど、優秀な遺伝子が受け継がれる確率が上がるんだ。つまりベストシーズンの可畏が実母に種付けすると……高確率でT・レックスのベビーが望める。いわゆるインブリードってやつだよ」

「そんな、まさか、そんなこと……母親と⁉」

「人間には信じられない話だろう？　彼女は最初から自分の息子と子供を作るつもりで、雄のT・レックスを欲しがっていた。僕は自分の手許に雌が欲しかったから、雄が産まれたら譲る約束をしていた。結果はご存じの通り。彼女は望みを果たし、T・レックスの雄を手に入れた。あとは可畏の胤が成熟するのを待って子作りをして、竜寄家に雄雌両方のT・レックスを増産する予定だったんだ。上手くいけば最強の竜王国の女王になれるだろう？　近親交配は成否の差が激しく、人型も竜型も成さない肉塊が誕生することもあるが、彼女は失敗を恐れなかった。『駄目な子は生き埋めにして殺せばいい』くらいに考えていたからね」

「酷過ぎる……それじゃ可畏は、T・レックスをたくさん作るために……」

潤は震える声を漏らした喉《のど》を押さえ、可畏から聞いた嬰児《えいじ》の頃の記憶を思い起こす。

クリスチャンの話がどこまで真実なのかはわからないが、少なくとも竜嵜帝訶が鬼女であることに偽りはない。

現に可畏は、未熟児で産まれたことで役に立たない個体と見做され、母親や実兄の手で生き埋めにされたのだ。実は非常に優れたT・レックスだったことが判明し、その後は末子《まつし》でありながらも跡取りになったが、肉親に殺されかけた恨みと悲しみは、今でも可畏の心に傷として残っている。

「君は可畏を種馬のように扱うな――とかいっていたね。だがそもそも可畏はT・レックスを増産するための種雄として誕生し、そうなるように育てられたんだ。いくつの時なのか詳しいことは知らないが、母親に乗られて何度か関係を結んでいたらしい。筆おろしが実母だなんて、さすがに僕も嫌だな。女嫌いになって男に走るのもわかる気がするよ」

「――っ、やめてください！　もう何も……いわないでくださいっ‼」

こんな話を終始笑顔で語るクリスチャンに向かって、潤は声を限りに叫ぶ。

背中に冷水を浴びたかのように、酷い寒気がした。

何故すぐにベッドから飛び下りて部屋を飛びださなかったのか、悔やんでも後の祭だ。

潤は可畏が自身を強く見せるために何をしてきたのかを知ったうえで、すべての罪業《ざいごう》を受け入れ、許してきた。いまさらこんな話を聞いても、可畏への気持ちは変わらない。

むしろより強く可畏のそばにいたいと思う。彼を愛しいと思う。

けれども可畏は知られたくなかっただろう。

記憶の底に押し込めて、一日も早く葬りたかったはずだ。

他の誰かの脳に刻み込まれ、この事実が増殖し、保存され、自らの意思で消去できなくなるなんて、絶対に嫌だったはずだ。

「そろそろわかってくれたかな？　可畏は人間の常識では計り知れない宿命を背負っていて、君が聞くに堪えないと思うような育ち方をしてきたんだ」

「……だから、なんですか？」

「君は命があるまま暴君竜と別れられることに感謝して、一刻も早く可畏の前から去るべきだ。恋なんて移ろいやすいものを信じていると、そのうちぺろりと食べられてしまうよ」

クリスチャンは、潤が可畏の過去を知ってショックを受け、可畏に対して嫌悪感を抱いたと決めてかかっている様子だった。

可畏が潤のために肉親を殺したことで、可畏の中に生まれた潤への愛情は理解していても、潤が可畏を本気で愛しているとは思ってもいないのだろう。

脅された被食者が、死を恐れて捕食者に従っているだけだと考えているのかもしれない。

強者が弱者に情を持つことはあっても、その逆はなく——弱者は強者に怯え、おもねるのが当然だと信じて疑わないのだ。

「可畏は俺を食べたりしませんし、俺は可畏の過去なんて気にしません。けど、可畏は自分の過去を忘れたがってると思います。だからもう二度と、そういう話を口にしないでください。可畏に対して少しでも愛情があるなら、いえ……もしもそういう気持ちがなかったとしても、二度と口にしないでください」

切なる願いを込めてクリスチャンを睨み据えると、彼の顔から絶えることのなかった笑みが消える。その途端、部屋の空気が重くなった気がした。

「驚いたな。餌の分際で本気で可畏が好きなのか？　あんなに大きな恐竜に同情して、支えになりたいとか思っていたりするのかな？　自分こそが可畏を一番理解してる——とか？」

「そうですよ。よくわかってるじゃないですか」

潤はあえて自信たっぷりに、一切の躊躇《ためら》いを見せずに答えた。

実際に自信はある。父親失格の男に可畏のことを語られたくない。

二人の間に芽生えたものを、軽んじられるのも踏みにじられるのも嫌だった。

「君は孤独な暴君に寄り添う自分に酔っているんだよ。本来は餌に過ぎない弱者でありながら、圧倒的強者に影響を与えてヒロイン扱いされるのは気持ちよさそうだよね。『俺様』が自分にだけは優しくて、常に特別扱いしてくれる。僕みたいなオジサンにはわからないけど、夢見る乙女にはときめくシチュエーションなんだろう？　やっぱり君はお嬢さんだ。お姫様かな？」

「そんなふうに煽《あお》っても、俺はカッとなったりしませんよ」

潤にとって、クリスチャンに負けない態度を取ることは、同じ暴君竜である可畏への想いを示すことでもあった。

本音をいえばとても怖い。張りついた笑顔はこの上なく嘘くさいし、巨大なT・レックスの影に圧されて後退しそうになる。けれどもここでびくついたら駄目だ。

そんなことをすれば、力いっぱいぶつけた自分の想いが説得力を失って、気の抜けた風船のように萎《しぼ》んでしまう。

——俺は未成年で……まだ高校生で、恋愛経験も浅いし、世の中のことも大して知らない。酸《す》いも甘いも噛み分けた大人からしたら、一生の相手とか決めるのは早過ぎるって思われて、たぶん笑われたりするんだろうけど、それでも俺は、これを一生物だと信じてる。

可畏への同情も友情も恋情も一つに纏まって、今は愛情になったのだ。

この気持ちに大人も子供もなく、竜人も人間もない。

「俺には、可畏を幸せにする自信があります」

「いうねえ君、そういうのとてもカッコイイよ。可畏が入れ込むだけのことはある。君がもしT・レックスの雌だったら可畏と戦ってでも僕の花嫁にしたいくらいだ。顔も血肉も抜群だし、寛容で慈愛に満ちていて打たれ強い。ただし君の長所は短所にもなり得るかな……それはもう、致命的な短所に」

「短所？」

「死ぬほどの恐怖を味わってもすぐに忘れてしまうだろう？　物覚えが悪いというか、少しも学ばないところがある。いわゆる鳥頭だ。『馬鹿と英雄は早死にする』といわれているのを、君は知っているかい？」

クリスチャンは手にしていたタブレットに指を滑らせ、ベッドの中の潤に再び向けた。

そこに何が映っているのか見るより先に、潤は若い男の声を聞く。

『――別れたく、ありません』

耳に飛び込んできたのは、紛れもなく可畏の声だった。

普段聞いている声の印象とは違って、思い詰めているのがわかる。

眩《まぶ》しく感じる画面には、見慣れた玄関に立つ可畏と渉子の姿が映しだされていた。

可畏は渉子に頭を下げている。とても真剣な表情で、交際の許しを得ようとしていた。

「な、なんだよ……これ、なんでこんな……」

「それは今から二十分ほど前の映像だ。君の彼氏はもうすぐここに戻ってくる」

自分を殴ったあとに、可畏が渉子に会いにいっていたこと。プライドの高い彼が、わざわざ頭を下げたこと。実家の玄関にカメラが取りつけられ、録画されていたこと――そのすべてに愕然とした潤は、言葉にならないほど動揺する。

クリスチャンの手からタブレットを毟《むし》り取ると同時に、錆《さ》びた釘を胸に打ち込まれるような痛みに襲われた。

自分がリアムに脅されてついた嘘によって、可畏は傷ついただけではなく、怒っただけでもなく、状況を改善するための行動を取ったのだ。人間として真っ当な手段を選び、二人を引き裂く邪魔な存在に向かって、頭を下げて自身の気持ちを言葉で伝えた。

「……っ、可畏……」

「自分が愛されていることに感動したかな？　ときめきで胸がいっぱい？　もしそうなら君は本当に御目出度い頭をしているね。僕が仕込ませたカメラは、君の実家のあらゆる場所に取りつけてある。もちろん、学院内にもたくさんあるんだよ」

潤が罪悪感と感激と恐怖の狭間で揺れているうちに、画面の中から可畏の姿が消え、続けて渉子の姿も消える。

クリスチャンは潤の手からタブレットを取ると、画面を切り替えてもう一度見せてきた。

あまりにも強烈な衝撃で我を失う潤の視界に、碁盤の目の如く区切られた無数の動画が入り込む。数が多過ぎて、どこの映像かわからないほどだった。

ほとんどは動く物を映していないため、一見静止画に見える。

その中の二つに、パジャマ姿の渉子と澪が映っていた。

——母さん……澪……っ！

表示されている時刻は今現在のものだ。

二人は他人には見せない隙だらけの恰好で、別々の部屋で寛《くつろ》いでいる。

「物覚えの悪い君は、リアムにされたこともいわれたことも忘れてしまったんだろう？　あの通りうちの王子様は派手好きで紐なしバンジー上等な子なんだけど……僕はもっと地味派だ。コンパクトかつ手軽な方法で悪戯《いたずら》できる。君の大事な家族にね」

「やめてくれ！　俺の家族は関係ないだろ⁉　こんな、人んちを……女の部屋を勝手に覗《のぞ》いて、いったいどういうつもりだ！」

「これは部下から聞いた話なんだが、君のママと妹には、毎朝きちんとコラーゲン粉末を摂る習慣があるそうだ。君は一緒に暮らしているわけではないから、知らないかな？」

「それが、なんだっていうんですか？」

「潤った肌を保ちたくなるのもよくわかる。とてもきめ細かく綺麗な肌をした親子だ。因《ちな》みにそのコラーゲン粉末はキッチンカウンターの上のピンクの缶に入っているんだが――本日午後、君達の留守中に僕が開発した毒物を混入させておいた」

「毒物⁉　そんな、嘘だろ⁉　なんでそんなっ！」

まるでプレゼントを隠した報告のように愉しげに話すクリスチャンを前に、潤は自分の口を両手で押さえる。

気持ちも言葉も何も通じない相手の暴挙に対して、心と体が拒絶反応を起こしていた。

意味不明な絶叫を上げて暴れそうになり、心の叫びを物理的に押し戻す。

半狂乱になることを自分自身に許したら、冷静さも正常な思考も失うと思った。

判断ミスは絶対にできない。

取り乱して叫んでも悪い結果にしかならないなら、今は耐えるべきだ。

「死ぬほどの毒ではないから平気だよ、安心していい。ただ、人間が摂取すると数分で全身の皮膚が爛《ただ》れてね、血と膿《うみ》だらけのどろりとした肌になってしまうんだ。『こんな潤いは求めてない』って、泣かれてしまうかもしれないね。君と君の交際相手が原因だと知ったら、二人共どんな顔をするだろう？」

「やめてくれ、頼むから……嘘だっていってくれ！」

ベッドから飛び下りようにも体が畏縮して動けない潤は、実家のキッチンの画像を拡大して見せられる。

粉ミルクの缶によく似たデザインの物がカウンターの上にあり、そのすぐそばで澪がアイスクリームを食べていた。

濡《ぬ》れ髪をタオルで巻いた恰好で、バラエティ番組を見ながら独りで笑っている。

盗撮されていることなど知りもせず、平和な日常を満喫していた。

「可畏に三下半《みくだりはん》を突きつけ、ボロ雑巾のように捨ててほしい。一刻も早く実家に帰って、缶の中身や監視カメラを始末したいだろう？　僕の指示通りに動くなら、その時は君と君の家族のことを忘れてあげよう。もちろん裏切りには相応の罰が下されるのを忘れずに。無理やり毒を摂らせたあとで、リアムと上空デートとかね」

「——っ、う、ぅ」

無防備な妹の姿と、毒の入った缶——そしてリアムに空まで連れていかれた時に見た光景が、潤の頭の中で一つに重なる。

弾けるように身震いし、全身の肌が粟立った。

淡い金色の産毛が一本残らず逆立って、皮膚が鶏皮のようにプツプツと尖《とが》る。

「空から落とされる恐怖を思いだしてくれたかな？　僕のために甲斐甲斐《かいがい》しく働いたリアムの努力を忘れないでやってくれ。君が怖がってくれないと、頑張った甲斐がないだろう？」

何もかも、クリスチャンのいう通りだった。

あれほど恐ろしい目に遭ったにもかかわらず、潤の中の恐怖心は確かに薄らいでいた。

地上に戻って数時間が経った今、喉元過ぎれば……という状態になっていたのだ。

しかしもう忘れない。渉子と澪のために、忘れるわけにはいかなかった。

《九》

沢木家から学院の寮に戻る途中、可畏は父親が来日したという連絡を受けた。

ヴェロキラは主の不在時にクリスチャン・ドレイクを可畏の部屋に通してよいものか迷ったそうだが、理事長が寮にやって来て自ら通したという話だった。

竜泉学院の理事長は可畏の祖母で、日本有数の企業グループである竜嵜グループの総帥でもある。高齢だが、希少なティラノサウルス・レックスの雌だ。

当然ながらヴェロキラが逆らえる相手ではない。

――クリスチャンと潤が一緒にいる……。

沢木家を出た時点では落ち着いていた可畏だったが、今は嫌な予感に苛《さいな》まれている。

運転手の山内に先を急がせ、ようやく着いた頃には心拍数が上がっていた。

クリスチャンの研究を支えている最も大きなスポンサーは竜嵜グループであり、常に莫大な資金を必要とする彼が、グループの後継者である可畏の恋人に手を出すとは考えにくい。

しかしそういった理屈を超えて、胸騒ぎが止まらなかった。

「可畏！　おかえり！　ああ……ようやく君に会えて嬉《うれ》しいよ！」

中高部第一寮に駆け込んだ可畏は、ロビーでクリスチャン・ドレイクに迎えられた。

以前会った時と比べるといくらか年を取っていたが、まだ四十前だ。十分に若い。

派手なカラーシャツに白衣を合わせ、真っ白な歯列を輝かせながらハグをしてくる。

どんなに離れて暮らしていても、こうして触れ合った瞬間に父親だと思える相手だった。

至極当たり前に、肉親だと感じられる。かつて臍《へそ》の緒で強固に結ばれていたはずの母親は、一緒に暮らしていても母子ではいられなかったのに、奇妙な話だ。繋がりが希薄なこの男は、どこにいても何をしていても父親でしかなかった。

「元気そうで何よりだ。しばらく見ない間に立派になったな」

クリスチャン・ドレイクの姿は、二十年後の自分のように思えてならない反面……無精髭と胡散《うさん》くさい笑顔には違和感がある。

白衣を着ていないと落ち着かないという理由から、特に必要のない時でも白衣を着ていたり、研究資金を求めて世界中にパトロンを持っていたり、こうなりたくないと思う部分がいくつもある男だ。

ただし竜人研究者としては超一流で、十代前半の頃から天才の名をほしいままにしていた。

謎の多い竜人の生体メカニズムを次々と解明し、絶滅危惧種の延命や繁殖を成功させたり、不可能といわれていたキメラ恐竜を誕生させたりと、その功績は枚挙に遑《いとま》がない。

そういった数々の功績により、竜人社会に於ける絶対不可侵権を持つ最高位の研究者だ。いわゆる権力者とは異なるが、世界中どこに行くのも自由で、誰にも攻撃されず、種族の垣根を越えて活動することができる特権的立場にある。

「また背が伸びて、もうパパより大きいくらいだ。本当に素晴らしいよ」

「気色悪ぃ自称はやめろ。なんだって急に日本に来たんだ？」

「そんなのもちろん、君に会いにきたに決まってるじゃないか。留学したリアムから色々話を聞いているうちに我慢できなくなってね。帝訶姫が生きていた頃は遠慮もあったけれど、今は気兼ねなく来られる立場だ。むしろなかなか行動に移せなくて悪かったと思ってる。こんなに遅くなってしまって本当にごめん。竜ヶ島《りゅうがしま》での出来事を聞いた時からずっと、君に会いたくてたまらなかった。親として少しでも力になりたくて」

「その必要はねえな、俺はアンタの存在を忘れてた」

「相変わらずつれないな。淋しいが、それでこそ王になる男だ」

可畏は自分とほぼ同じ体格の父親のハグを受けながらも、両手を腿《もも》に張りつけておく。

クリスチャンの背後には背の高い観葉植物が並んでいて、その向こうに潤がいた。

数多《あまた》あるソファーセットの一つに、潤はリアムと並んで座っている。

テーブルの上にはグラスが三つ置いてあった。

実際の状況はわからないが、直前まで和やかに歓談していたような光景だ。

肉食竜人が暮らす第一寮は天井が高く、すべてに於いて空間を贅沢《ぜいたく》に取ってある。吹き抜けのサロンは特に広々としているため、ティラノサウルス・レックスやティラノサウルス・プテロンの影が重なっていても、それほど狭苦しくは見えなかった。

可畏は露骨に眉を顰《ひそ》めると、誰ともなく睨み据える。

潤とクリスチャンが一緒にいるだけでも疑懼《ぎく》の念を抱かずにはいられなかったが、リアムの顔を見た途端――そこに明確な怒りが加わった。同じ空気を吸わせるだけでも忌々しい。

「可畏、僕らは敵じゃないんだ。そんな怖い顔をしないでくれ」

「うるせえ、その顔でニヤけてんじゃねえ」

「ああ、ごめんよ。気ままな研究者の僕と、いずれ王になる君では背負うものが違うんだった。君は誰に対しても常に怖い顔をして、畏怖される存在であった方がいいのかもしれない。君が笑わない分、僕が代わりに笑っておくよ」

「――わけがわからねえ」

「それはそうと、今回の来日は君だけじゃなく、君の恋人に会いたいっていうのもあったんだ。リアムから聞いていた通り、潤くんは極上の血を持つ美少年だな。これほどの逸材を見つけるなんて、やっぱり君は『持っている男』だ」

クリスチャンはハグを終えて離れると、満面の笑顔で潤を褒め称えた。

それを単純に喜ぶことなどできるはずもなく、可畏は無表情で訝《いぶか》しむ。

「手え出したら殺すぞ」

「酷いな……僕が愛する息子の不利益になるようなことをするわけないじゃないか。潤くんは血肉以上に心映えが素晴らしい子だと思っているよ。四十年近く生きてきて、こんなに意志が強く肝が据わった人間に出会ったのは初めてだ。そういう内面の輝きが目の光に表れている。最初は反対するつもりだったのに、すっかり気が変わったよ。僕やリアムを前にしても微塵《みじん》も怯まない度胸といい、類稀《たぐいまれ》な美貌といい、人間の雄にしておくのが勿体《もったい》ないくらいだ」

さらに続いたクリスチャンの称賛に、可畏の気持ちは歪《いびつ》に揺らぐ。

それなりに尊敬する父親から、恋人を褒められるのは気分の悪い話ではない。

しかし喜ぶのは早計で、親は親でも潤の親とは生物的に違うのだ。

クリスチャンはティラノサウルス・レックスの竜人であり、人間を餌として認識している。それどころか竜人の命すらも彼にかかれば軽いもので、研究のために数々の惨《むご》い生体実験を行い、肉食草食を問わずマウスのように使い捨てるマッドサイエンティストだ。

レア至上主義者であり、ある意味では種の存続のうえで弱き者達の味方ともいえるが、その本性は獰猛《どうもう》な肉食恐竜に他ならない。穏やかな口調や人当たりのよい微笑みに騙《だま》され、背後に聳《そび》えるシルエットの存在を忘れると痛い目に遭う。

「可畏、とりあえず数日は日本に滞在しようと思うんだが、この寮のゲストルームを使っても構わないかな？　お義母さんの許可は取ったものの、やはり君の許しも欲しくてね」

「勝手にしろ」

可畏はクリスチャンの横を抜けてサロンに足を踏み入れると、中央付近にいる潤に歩み寄る。ロビーとサロンの境界には仕切りとして観葉植物が配されているが、特に邪魔にはならず、遠目でも潤の表情は見えていた。

しかし近づいてみて初めて、顔色が悪いのがわかる。

微々たる変化だが、一緒に暮らしている可畏には差が見て取れた。

「部屋に戻るぞ」

「ここで、話したい」

人前では、殴ったことを謝ることも体を気遣うこともできない可畏に対して、潤は思いがけない言葉を返してくる。一人掛けのソファーに浅く腰かけていたが、立つ気はないとばかりに両手で肘《ひじ》掛けを握り、自分の体を座面に押しつけていた。

「どういうことだ？」

「二人になって、また殴られたら話もできないだろ？」

潤は微妙に目を逸らしながら、殴られたことを根に持っている様子を見せる。

確かに殴ったのは事実で、その前の凌《りよう》辱《じよく》紛いのセックスも含めて、酷い行いをしてしまった自覚はあった。当然反省しており、可畏は潤と二人になったらきちんと謝るつもりでいたが、それにしても潤らしくない、意外な態度に感じられる。

可畏の血を輸血されたことで高い治癒能力を持った潤は、可畏が何をしても、痛みが完全に引いた頃には何もなかった振りをするのが常だった。元々の性格もあるのだろうが、意識してそうするよう努めてくれていて、「痛みが引いたら暴力は忘れるようにしている」とも、「お前のいいところだけを見るようにしている」ともいわれたことがある。

「お前が俺を怒らせなければいい話だ」

母親のことはとりあえず解決したから、だからもう殴る必要はない。そうでなくともお前を殴ったりしない。俺達は今、とても喜ばしい状況にある——そう告げるために潤と二人きりになりたかった可畏は、次の瞬間目を疑う。

首を横に振った潤は、肘掛けを掴んでいた手をリアムに向けた。

潤と同じく一人掛けのソファーに座っているリアムの手に触れ、強めに握る。

白い手と白い手が重なり合い、潤はリアムに目配せしてから可畏の顔を見上げた。

「また殴られて、決心がついたんだ。本当に、本気で別れようって」

「——ッ」

「お前の部下とかじゃない、対等かそれに近い立場の第三者がいれば……話し合いができると思った。だからオジサンやリアムに相談して、立会《たちあい》を頼んだんだ」

「立会?」

「可畏、私は止めましたよ。もちろんクリスも止めていました」

何が起きているのかわからない可畏の耳に、リアムの声が割り込んでくる。

単純に音としては悪くない……おそらくは美声なのだろうが、リアムのものだと思うと耳に蝿《はえ》が入り込んで羽音を立てているような不快感を覚えた。しかもリアムは口を閉じず、さらに何かを喋ろうとしている。

「たかが餌の分際で、生きたまま貴方《あなた》の前から去るなんてあり得ないことだと思いますし……当然止めました。でも、当の貴方が潤を竜人の雌のように大切に扱っていましたから、私達も潤を有力竜人の一人と捉えるよう努めて、じっくり話を聞いたんです」

リアムは潤に同情する様子を見せ、潤は黙って頷《うなず》いた。

可畏は自分が目にしているものも、耳にしている言葉も信じられずに立ち尽くす。

頭の中では、「お前の母親を説得した。問題は解決したんだ」と潤に向かって話していたが、実際には唇を引き結んだまま、喋り方も息の仕方もわからない。

口を開いて肺に空気を送り込むよう、あえて自分の体に命じなければならなかった。

そもそも渉子が潤の選択を強く否定していたとはどうしても思えず、帰りの車の中で、潤が嘘をついている可能性を考えていたのだ。

できればそう思いたくはなかったが、今こうしてリアムに頼りながら別れ話を切りだす潤の姿を目にすると、捏造《ねつぞう》だった疑いが濃くなる。

「コイツらが来てからおかしくなった」

行き着いた考えを口にすることができた可畏だったが、それにより危うくなる自尊心が音を立てて軋みそうだった。

もしも潤の言葉がすべて真実で、潤の本心だとしたら、自分はクリスチャンやリアムの前で非常にみっともない疑心を露呈していることになる。

愛想を尽かされた理由を他人のせいにし、自分の非を認めていないことになるからだ。

今日の出来事や過去を含めて振り返れば、いつどうなっても不思議ではなかった。

殴ったことも凌辱したことも何度もあり、本気で殺そうとしたこともある。

今朝までは問題がなかったように見えたが、潤がこれまでずっと見ない振りをして、あえて目を瞑《つむ》ってくれていた悪しき記憶は、その頭から完全に消えたわけではないのだ。

今日新たに追加された暴力により、遂に看過できないレベルに達した可能性がある。

今この瞬間……愛想を尽かされたのは誰のせいでもなく、お前自身の行いのせいだ——と、潤もクリスチャンもリアムも、同じことを考えているのかもしれない。

「誰のせいでもないよ。可畏が、そんなに悪いとも思ってない」

潤はリアムの手を握ったまま、心を読んだかのようにいった。

ソファーから立ち上がることはなく、今度は目を逸らさずに見上げてくる。

「可畏は竜人として当たり前に振る舞ってたんだろうし、種族的な差がある以上、俺の善悪で判断することじゃないと思う。でもやっぱり、付き合うには物凄い我慢が必要だった」

可畏の中にあった不安を揺るぎなく突いてきた潤は、「積もり積もって溢《あふ》れ返ったんだよ。親の反対とか第三者の介入とか、そんなのは関係ない。俺とお前の問題なんだ」と、こちらが激昂《げっこう》する隙もないほど冷静に告げてきた。

「部屋に戻れ」

それだけいうのが精いっぱいだった可畏に対して、潤は「戻らない」と即答する。

「家に帰りたいんだ。今すぐ帰りたい」

「――部屋に戻れ。話はそれからだ」

「もう荷物も纏めたし、殴られたり……犯《や》られたりして、なあなあに流されるのは御免だから。俺は快楽に弱いとこあるから、やることやったらそれなりに気持ちよくなって揺れかねないし。今そうやって一時的に繋いでも、またすぐ限界が来る。俺はもう……お前と一緒にいることに疲れたんだ。二人きりになりたくない」

「いいから部屋に戻れ！」

「家に帰してくれ！」

体中を流れる血の動きと、体温の上昇を感じる可畏の前で、潤はようやく立ち上がる。

リアムの手を離してソファーの後ろに回ると、学院指定のスポーツバッグを肩にかけた。

殴られるのを回避するためか、可畏の手が届く範囲には踏み込まず、リアムの後ろに隠れるようにしながら視線を送ってくる。

「俺に対して、まだ少しでも情があるなら……別れてほしい。俺を自由にしてほしい。余所《よそ》の大学に行って、家族と一緒に普通に暮らしたいんだ」

「お前はもう普通の人間じゃねえ」

「竜人の秘密は守るよ」

そうじゃなくて、そんなことはどうでもよくて、行かないでくれと、お前がそばにいないと生きていける気がしない――と、何よりも、「お前を愛している」といいたくてもいえなくて、可畏は仁王立ちのまま歯を食い縛る。

選択肢は頭の中にいくつかあった。その一つとして、強引に潤を捕らえて部屋に連れていくなり外に連れだすなりして、気持ちを伝える方法がある。

しかしもしも本当に潤がこの状況を望み、第三者の立会を必要としているなら、それを力でねじ伏せることで、ますます心が離れていってしまうかもしれない。

自分が求めているのは潤の体ではなく、疲れて萎《しお》れた精神でもない。

種族的な感覚の違いも体力の違いもあり、どう考えても潤の負担は大きいのだ。

別れたいというなら別れ、帰りたいというなら帰し、十分に休ませて、潤の心身が回復するまで待つべきなのかもしれない。

出直す時は面と向かって二人きりで話して、「お前を愛している」と想いを籠めて伝えたら、許してくれるだろうか。もう一度信じて、チャンスをくれるだろうか。

「――好きにしろ」

お前がここに戻ってきて、また笑いかけてくれるなら――待てないことはない。

少し離れた位置から「帰りたい」と無言で念じてくる潤に向かって、可畏は抑揚のない声でいい放つ。返ってきたのは、ほっと胸を撫で下ろしたような表情だった。

「ありがとう……それで、こんなこと頼むのも悪いんだけど……」

潤が安堵《あんど》する表情にどうしても胸を抉《えぐ》られる可畏は、すでに踵《きびす》を返しかけていた。

向けられた言葉は、「車を出してほしいんだ」という一言で、胸が閊《つか》える。

竜泉学院は木々が生い茂る丘陵の上にあり、すでに夜も更けている。潤の要求は当然のものだったが、少しでも早くお前のそばから離れたいといわれているようで苦しかった。

「山内さんに頼んで、キャデラック出してもらっていいかな?」

「まだ車庫にいるはずだ。自分で頼め」

可畏はリアムとクリスチャンの存在を意識することをやめられず、ぶっきらぼうに答える。

サロンを抜けてロビーに戻りながら、後ろ髪を引かれる思いだった。

潤の手首を摑んで部屋に連れ戻し、ベッドに押し倒して滅茶苦茶に抱いて、官能の渦に溺れさせたい。そうして仮初《かりそめ》にでも繫ぎ止め、絶頂の瞬間に「今まで悪かった。これからはもっと大切にする」と誓ったら、状況は好転するだろうか。

――突然過ぎる……わけがわからねえ……。

そう思っているのは自分だけで、本当は突然でもないのだろうか。決定打となるきっかけがあったのに、ないと思っているのは愚かなのか？　嘘までついて急に別れたがる潤の気持ちがわからない。自分の対応に関しても、これでいいと思いながらも、思い切れていない。

クリスチャンやリアムが何かしたと疑うには、自分自身に心当たりがあり過ぎた。

後悔と迷いで眩暈《めまい》がしてくる。やり直せるものなら出会った瞬間からやり直したかったが、それができない以上、これから挽回するしかないのだ。大切に、心のままに、本当に何よりも大事にしたい——けれど、今ここで何を思ったところで潤は去っていってしまう。

絶対におかしい。あり得ない。理解し難いが、潤が早く去りたがっているのは事実だ。

どろりと混濁した想いを引きずりながら、可畏は自室のある最上階に向かった。

このフロアは可畏のハレムと呼ばれていて、手前から順に生餌の十号から二号までの部屋が続き、最奥に可畏と潤の部屋がある。

最後の段を越えて廊下に立つと、並んだ九つの扉が見えた。

突き当たりには両開きの大きな扉があるが、その先に潤はいない。

今夜からは、待っていても帰ってこないのだ。一泊二泊の帰省ではなく、別れて家に帰ると潤はいった。大学も竜泉ではなく余所に行くと、そういったのだ。

——無理だ。俺は何をすればいい。どうすれば、お前は……。

可畏は廊下の片側に並ぶ窓に足を向け、エントランスを見下ろす。

目の前に、ティラノサウルス・レックスとティラノサウルス・プテロンの影があった。光とは無関係に浮かび上がる立体的な影だ。体格差はあるものの、大部分が重なっている。クリスチャンとリアムが背負うシルエットを透かすと、キャデラックのリムジンに乗り込む潤の姿と、ドアを閉めるために待機している山内の姿、そして見送るクリスチャンとリアムの姿が見えた。

「――アイツ、なんで……」

眼下で繰り広げられる光景は、先程の三人の言動に沿っている。

別段不自然な点はなかったが、可畏は胸に引っかかっていた潤の発言に違和感を覚えた。混沌《こんとん》としていた心の底から真実が這い上がってきて、鼓動が急激に跳ね上がる。

何も考えずに動けるものなら、今すぐここから飛び下りて潤を止めたい。

しかしそれでは駄目だ。冷静に考えて行動しなければならない。

自分には潤のように心を読む能力はないが、潤が真っ直ぐな目で向けてきた感情は、助けを求めるものでは決してなかった。もしそうだったら、突然の別れ話をまともに受け止めずに、クリスチャンやリアムに脅されていると判断しただろう。

潤が強く求めていたのは早く家に帰ることであり、それは行動と一致している。

送られた視線に嫌悪の念はなく、それでいて突き放すような意思はあった。

感情に任せて短絡的に動けば、潤を苦しめることになるやもしれない。

潤が今どうしたいのか、どうしてほしいのか、それを正確に読み取って、求められた通りに動くことが先決だ。

静かに走りだすリムジンと二体の大型恐竜の影に背を向けた可畏は、自室に向かって廊下を進む。すると扉が次々に開いて、丈の短いガウンを着た生餌達が顔を出した。

「可畏様、おかえりなさいませ」

「おかえりなさいませー」

気が向いた時にいつでも抱けるような恰好をしていろ——と、以前命じた通りまめまめしく入浴して裸に近い恰好で過ごす生餌達は、本来は第二寮で暮らすべき草食竜人だ。

可畏が選んだ美少年ばかりで、ハレムと呼ばれるこのフロアで暮らしている。

生徒会役員でもあり、学院内では階下に住む肉食竜人よりも高い地位に就いていた。

可畏は潤と出会ってから生餌に性的興味を向けなくなったが、以前は同時に数人呼びつけて抱くことも珍しくなかった。

「二号三号、部屋に来い」

可畏の命令に、二号と三号、そして他の七人も目を白黒させる。

しかし誰も理由は訊かずに、二号と三号は「はい！」と、興奮気味に答えた。

生餌と共に入浴した可畏は、いつも通り彼らに体を洗わせ、潤のいないベッドに入る。

裸の二号と三号を左右に侍らせながら、美味な血が通う首を両手で撫で摩《さす》った。

自分が取るべき行動を模索する中で、重視すべきは潤の望みばかりではないことに気づいた可畏は、クリスチャンが潤を脅していた場合、何が目的かを考える。

彼は潤の存在を肯定していたが、あの発言は本音とは逆だと判断するべきだ。

つまりクリスチャンにとって潤は、容認できない邪魔な存在だと考えた方がいい。

しかし可畏を怒らせて帝訶のように殺される結末を避けるため、潤を生きたまま去らせた。

そうまでするクリスチャンの目的がどこにあるのか、何故潤を退《しりぞ》けなければならないのか、現時点では意図が見えない。

潤に恨みを持つ祖母や兄が絡んでいる可能性はあるが、恨みだけで命を懸ける連中とは到底思えなかった。将来的に自分の息子が竜嵜グループを継ぐことを望んでいるクリスチャンが、当座の研究資金に釣られて祖母のいいなりになっているとも考えにくい。

竜嵜帝訶が生きていた頃は、ティラノサウルス・レックスの増産という確たる目的が先々にあり、可畏が特定の愛妾《あいしょう》に入れ込むのを帝訶が嫌っていたという事情があったが、帝訶が亡き今、可畏と近い血縁関係にある若い雌は一人もいないのだ。

可畏が潤に入れ込むことで著しい損害を被る竜人は存在せず、日本にいる限り、潤の安全は保障されているはずだった。

「可畏様……なんだか今夜は気乗りしないみたい」

「僕達では一号さんの代わりにはなれませんか？」

左右から問いかけてきた二人は、可畏が答える前に「なれるわけないですよね……」と口を揃える。いそいそとついて来て今に至るものの、気乗りしていないのは彼らも同じだ。

二号と三号とは長い付き合いなので、なんとなくわかる。

「潤がいないと淋しいか？」

「い、いえ、そういうわけではありませんが、なんでいないのかなって気になってはいます」

「お前らにとってはどうでもいいことだろ？　喜ぶとこじゃねえのか？」

「はい。そのはずなんですが、今回は気になるんです……何故でしょう」

二号――ユキナリはそう答え、いつになく難しい顔をした。

草食竜人は肉食竜人に食われずに済むよう、小柄な愛玩《あいがん》性具として進化した者が多い反面、頭の方はあまりよくない。

今も自分の感情に名前をつけられず、戸惑っていた。

同じく三号も、小首を傾げながら「何故なんでしょう」と呟く。

「可畏様から久しぶりに御声をかけていただいて凄く凄く光栄で嬉しいはずなのに、妙に胸がざわつくんです。なんだか悪いことをしているみたいな感じがして」

「潤とは別れた。アイツのことはもう忘れろ」

「わ、別れたって……え、まさか、生きたまま自由にしたってことですか?」

「アイツは特別だからな、どっかで生きてりゃそれでいい」

「可畏様……っ」

「おかげで次の愛妾を見つける気がしねえな……人間は懲り懲りだし、学院内にはろくなのが残ってねえ。お前らを抱く気力もねえが、ここにいろ」

可畏は枕に後頭部を埋めると、二号と三号の首を摑んだまま引き寄せる。果ては二人の細腰を抱き、潤の筋肉質な体を思い起こしながら目を閉じた。

「可畏様……」

「黙って寝ろ」

こんな状況に陥った理由はわからないが、おそらくこの行動は正しい。

潤の生存を望む意向を、敵味方を問わず明確に示しながらも、諦めて追わない態度を見せておけば、クリスチャンは潤に手を出さずに自ら目的を露呈するだろう。

しばらく我慢が必要になるが、研究狂いの彼が日本に長く滞在するとは考えにくく、時間の問題に思えた。

《十》

潤が竜泉学院を去って四日が経ち、可畏の心身には限界が訪れていた。

単純に淋しいといった気持ちの問題だけではなく、潤がいないと眠れないのだ。

改善していた閉所恐怖症の症状が再び出てきて、夜でも主照明を点けて過ごしている。

以前は別段気にならなかったベッドの天蓋にまで圧迫感を覚えるようになり、支柱ごと蹴り倒して外してしまった。生餌を侍らせても眠れないうえに、うなされる姿を見せるのが嫌で、支柱の折れたベッドで独り寝を続けている。

「可畏様、お顔の色が優れません。生餌様方をお呼びしましょう」

木曜午前の授業中、可畏は校舎の屋上にあるプールサイドにいた。

断続的でも昼間の方が眠れることがあり、本を手にパラソルの下で過ごしている。

ヴェロキラプトルの竜人二人——辻《つじ》と佐木《さき》が、心配そうな顔で草食竜人の血を摂取するよう勧めてきたが、栄養分は足りていた。不足しているのは睡眠だが、不安要素が解消されて潤が戻ってこない限り、まともに眠れそうにない。

「血は足りてる。それより沢木家の様子を報告しろ」

「はい、ご報告致します。潤様は本日も自宅マンションに籠もっていましたが、午前九時半にマンションのゴミ集積所に行き、不燃ゴミを捨てていました。あとで確認しましたが、超小型無線カメラでした。すでに多数廃棄していますが、また発見したのだと思われます。これだけ監視を強化していますので、新たに取りつけられた物ではないはずです。ゴミを捨てたあとは速やかに戻られ、ベランダで洗濯物を干していました」

「渉子様は通常通り出勤し、澪様も変わりなく登校されました。お二人が目的地に無事に到着するところまで、調査員各二名に見張らせています。そのまま監視を続けさせ、本日も帰宅を見届けるよう命じました」

「潤は元気にしていたか？」

「はい、健康状態に問題はないようです。ただ……ゴミを捨てる時は不機嫌そうで、帰り際の足取りは重く見えました。早く可畏様の許に帰りたいと思っていらっしゃるのでしょう」

主観を交えた報告をしたヴェロキラプトル竜人の辻に、可畏は何もいわなかった。

屋上のプールサイドなら盗聴の心配はないが、必要以上に話す気になれない。

引き籠もっている潤の気持ちはわかっていた。何を考えているのか、心から信じられる。

潤は今、早く寮に帰りたい——と、そう思っている。

寮を去った日、潤は可畏に向かって、「キャデラックを出してくれ」といったのだ。

可畏が所有するキャデラックは特別仕様で開放感のあるリムジンだが、全面レザーシートで、生き物の生死にかかわる物を嫌う潤にとっては苦手な車だった。

潤を転校させてそばに置くようになってから、可畏は愛用していた大型キャンピングカーのレザーソファーを、高級人工皮革スエードを使った物に取り換え、同素材のシートを装備したリムジンを新たに購入した。

キャデラックだけはレザーシートのままなので、潤は原則としてそれには乗らない。

実家にリムジンで乗りつけることに抵抗があり、ヴェロキラが使う普通乗用車が車庫にあることも知っている。そもそも可畏の運転手の手をわずらわせる選択を自らするタイプでもなく、あの場合——最終のバスに乗るか、せめて「普通車を出してくれ」というのが自然だ。

わざわざキャデラックを指定したのは、あの状況が自分にとって不本意で、嫌で、恐怖感を持っていることを伝えるためで、なおかつそれを口にできない事情があったと考えられる。

実家に戻ってから連日無線カメラを廃棄し続けていることからして、まず間違いなく家族を人質に取られたのだろう。あえて探していないが、おそらく寮の部屋にも、同じカメラが取りつけられている。

——クリスチャン……そこまでして何がしたい。目的はなんなんだ?

研究所に戻りたくてうずうずしているクリスチャンと、早く潤を取り戻したい可畏の無言の攻防は、半ば意地によって成り立っていた。

しかし可畏の我慢は限界に近い。そうかといって、迂闊《うかつ》に激昂するわけにもいかない。

本気で戦えばクリスチャンに勝てる自信は十二分にあるが、互いに最大級の暴君竜であり、然《しか》るべき場所に移動してから恐竜化しなければ、人間の目に触れてしまう恐れがある。

人間の姿のままでもクリスチャンを締め上げることは可能だが、彼のそばには常にリアムがいた。人型で飛行できるリアムの能力は、可畏にとって非常に厄介なものだ。

上空から落とされれば、いくら高い治癒能力を持っていても意味がない。

高度と落下地点の条件によるが、場合によっては即死しかねないからだ。

そもそも相手が悪く、クリスチャンは絶対不可侵権を持つ最高位の研究者で、竜人の未来を担い、全種族の繁栄の鍵を握る男といわれている。

殺せば当然、世界中の竜人を敵に回すことになるのだ。

制裁を受ける前に有力な竜人を殲滅《せんめつ》させ、竜人社会のルールそのものを覆せば話は別だが、現実問題、束で来られて見せしめに始末される可能性が高い。

自分が負けて死ぬようなことがあれば、潤は確実に食い殺される。

――竜人社会に於ける奴の価値を潤が知っていたかどうかはわからないが、あの時……潤は助けを求めてはいなかった。おそらく今も……俺が実父と戦うような展開を避けたがっているはずだ。別れ話が不本意であることを俺にだけわかるよう示したのは、俺のメンタルのためであって、「クリスチャンは敵だから倒してくれ」と、そう訴えたかったわけじゃない。

何事も穏便に済ませたいであろう潤の気持ちを汲《く》み取りながらも、可畏は暗鬱《あんうつ》な息をつく。

潤を苦しめたクリスチャンを八つ裂きにしたい思いがあったが、しかしそれとは別の面で、父親を殺すという選択に対する迷いもある。

もちろん潤のためなら殺せる。捨てられないものなど何一つないが、しかし殺したくて殺す相手ではないのは事実だ。できることなら殺したくない。

クリスチャンを殺せば、自分は必ず苦しみ、それは確実に潤に伝染する。

殺すのは最終手段であって、まずは努めて冷静に行動しなければならなかった。

リアムと離れた隙に殺さない程度に締め上げ、目的を吐かせてから追いだすべきだ。

怒りを抑えることにも限界が来ており、今となっては今日まで延ばしたことが悔やまれる。

「可畏様……ドレイク様の影が！」

木製のガーデンチェアに腰かけていた可畏は、ヴェロキラの辻の言葉に振り返る。

確かに恐竜の影が見えた。紛れもなく暴君竜だ。

校舎の七階に当たる屋上は、床面積の約四分の一が建物になっている。

生徒会専用フロアと呼ばれるこのフロアに向かって、本来は生徒会役員でなければ乗れないエレベーターが上がってきていた。

プールサイドからエレベーターが見えるわけではないが、空に突きだすティラノサウルス・レックスの影の動きですぐにわかる。

下から上に一定の速度でスーッと現れた立体的なグレーの影は、一旦止まるなり方向を変え、こちらに向かってきた。

屋上庭園に続く硝子《ガラス》扉が開き、白衣姿のクリスチャンが現れる。

相変わらず派手なカラーシャツを中に着て、ポケットに手を突っ込みながら歩いてきた。

「下がっていろ」

可畏はヴェロキラ二人に命じ、屋上でクリスチャンと二人きりになる。

ようやくその時が来たのだと、張り詰めた空気が静かに物語っていた。

クリスチャンは朗らかに笑っていたが、何かがいつもと違っている。

おそらくそれは、自分が放つ気にも表れていることだろう。

結論を急ぐ思いが、互いの中に存在していた。

同時に可畏の胸には、やはりどうしても父親として認識せざるを得ないこの男を、殺したくない気持ちが募る。その気になれば殺せる力が自分にある以上、どうか最悪の結末に至らない発言をしてほしいと、密かに願わずにはいられなかった。

「やあ、授業中に外で読書かい？　生徒会長はいいね、自由で優雅だ」

「無駄話はいい。用件をいえ」

「そうだね、実は大事な話がある」

冬の陽射しが照り返す水際で、クリスチャンは可畏の隣の椅子に腰を下ろす。

浅く座って膝を開くと、おもむろに両手を組み合わせた。

無精髭ごと頬や口角を持ち上げ、にっこりと笑う。

「ハワイに来て、お見合いをしてみないか？」

この四日間、苛立《いらだ》ちながら待っていた真実——潤を退けたクリスチャンの不可思議な行動の理由は、可畏が予測していたものの一つだった。

クリスチャンから見て自分は、二度と作りだすことのできない遺伝的最上級の息子であり、将来的なパトロンとしても、研究対象の一つとしても貴重な存在といえる。

潤を殺す——という、取り返しのつかないことはしないまでも、クリスチャンは潤を脅し、別れ話を二度も切りださせた。

用意されたシチュエーションからして、第一段階の目的は我が子のプライドを砕き、潤との信頼関係を壊して精神的に孤立させることだったと思われる。

「とても素晴らしい縁談があるんだ」

発覚すれば息子を激怒させるリスクを負ってまで妙な工作をしたのは、貴重な雌を消された復讐《ふくしゅう》でもなんでもない。過ぎたこととは関係なく、先々に、研究者としての大きなメリットが待っているからだ。

「可畏、恋人に去られて今はつらいだろうが……恋や愛よりも確かな物を君は得られる。僕も若い頃は研究に恋をしていてね。今以上に研究だけをやっていたかったから、繁殖期が来ても子作りにはあまり興味を持てなかった。個人的なことよりも竜人界全体の繁栄の方が大事だと思う気持ちもあったし、研究者としても……自分を含めた複数の有力竜人の遺伝子を使って、最強の雌や、レアなキメラ恐竜を作りたくて仕方なかったんだ」

「話は簡潔に纏めろ」

「ああ、ごめん……つまり、そんな僕でもレアなT・レックスとして生まれた責任はきちんと果たしたし、まるで好みに合わない帝訶姫と交尾した結果、君という最高の息子のパパになることができた。君は僕の自慢……僕が生きた証拠であり、最高の宝物なんだ。恋愛が悪いとはいわないが……今はそういう時期じゃないだろう？　生産性のない不毛な関係に振り回されているうちに、君が将来の愉悦を逃してしまうんじゃないかと心配でたまらないんだ。若い今は実感できないだろうが、過ぎてから気づいても遅い。賢者は歴史に学ぶべきだ。かつての僕と同じように、今は頭を切り替えて子作りに励んでみないか？」

「簡潔に纏めろといったはずだ。いいたいことは全部いったか？　それなら話は終わりだ」

「可畏、君の成長は僕より少し早い。ベストシーズンが迫っているんだ。恐竜化して発情した雌の匂いを嗅げば、もし仮に好みの相手ではなくてもその気になれる。最高のシーズンがすぐそこまで来ているんだよ。とにかくハワイに、僕のガーディアン・アイランドに来てお見合いだけでもしてほしい。発情寸前の若い雄と雌が出会い、互いに発情を促して初めて交尾をする様を記録したいんだ。そして奇跡のベビーをこの手で育ててみたい！」

椅子から立ち上がる勢いで語ったクリスチャンは、夢見る少年のように目を輝かせた。

つい今し方まで父親としての幸福を語っていたにもかかわらず、研究者として実験の経過と結論を愉しみにしている本音を暴露している。

息子の将来のために、といった綺麗事は後付けに過ぎず、本当は自らの好奇心を満たしたいだけなのだ。もう一つは、己の優秀な遺伝子を後世に残したいという本能——それくらいしか感じられなかった。

「潤と別れて悄気《しょげ》りゃ、アンタのモルモットになるとでも思ったのか？」

自分がこの男を父親だと感じるほどに、この男は自分を息子だと感じているのだろうか……いるとしても、それは自分が抱く感覚とは異なる気がする。

感情ではなく、血が繋がっているというだけの息子。

己の遺伝子を受け継いでいて、なおかつティラノサウルス・レックスであるという点でのみ価値があり、そうでなければ目もくれない存在なのだ。

「先にいっておくが、お見合いの相手は潤くん以上の美人だよ。しかも処女で、恐竜としても竜人としても正真正銘の生娘だ。僕の秘蔵のお姫様は、王になる君の結婚相手として誰よりも相応《ふさわ》しい。帝訶姫が死んだことで優良な子を望める相手がいなくなったと思っているかもしれないが、実はそんなことはないんだ。何しろ彼女は君の血縁者だ」

「——隠し子でもいるってのか？」

「そう、そうなんだよ！　さすがに鋭いね。少しは興味を持ってくれたかな？」

クリスチャンが笑えば笑うほど可畏の気配《きはい》は低下し、怒りのボルテージが上昇する。

母方の一族の至宝とされていた雌を殺したのは自分であり、父方の血族に強く若い雌がいるというなら、その存在を歓迎する気持ちはそれなりにあった。

ただし自分の繁殖相手として考えるかどうかはまったく別の話だ。

潤を愛したことと、恐竜としての生殖行動を同じ次元で考える気はないが、完全に切り離すことはできない人間的感情がある。

もしも潤に向かって、「お前以外は誰も抱きたくない。お前に嫌な思いをさせるくらいなら子供は作らない」などといったら負担を感じさせるだろうが、しかしそれが本音だ。

つまりクリスチャンが潤を繁殖の妨げになる存在と見做したのは実に正しい判断なわけだが、やり方が頗《すこぶ》る気に入らなかった。

「――これだけはいっておく。いつか子供を作らなきゃならねえ時が来ても、俺はアンタには従わない。血族以外にも雌はいる。T・レックスを得ることにこだわる気もない」

「それはつまり、花嫁は自分で見つけるってことかな？」

「そういうことだ」

本当は要らない、雌も子供も要らない――そういってしまいたい想いを押し込めた可畏には、クリスチャンが今以上に潤を厄介視しないよう、問題を他に逸らす意図があった。

潤の存在がネックになっていると思わせてはいけない。それはあまりにも危険な話だ。

「交配相手は自分で決める。俺の姉だか妹だか知らねえが、そいつには他の雄を宛がえ」

「妹だよ。彼女を越える雌なんていない。もしいたとしても、血の近い血族でなければ優良な子供が誕生する確率は下がる。君の遺伝子も彼女の遺伝子も勿体ない」

「そうまでいうなら、アンタが作りだした似非《えせ》翼竜と交配させろ」

「……リアムと？」

「あのキメラは、アンタの遺伝子を含む混合遺伝子で産まれたはずだ。アンタだけじゃねえな、竜嵜帝訶やアンタの父親を含めた、有力竜人十名の遺伝子から作られた人工サラブレッドだ。奴なら、アンタの娘と近親交配ができる」

「もちろんリアムの将来も考えているよ。でも今は可畏の胤が欲しいんだ。他人の雌に平凡な子供を作らせたって何も面白くないだろう？　他の誰でもない、僕の娘を孕ませてくれ」

「平凡とは限らない。アンタと竜嵜帝訶は他人だったが、俺はT・レックスだ」

「確かにそれはそうだ。半端な欠陥品でも、T・レックスには違いない」

いつも笑顔の父親から真顔でいわれた可畏は、信じられない言葉に胸を突き刺される。

近親交配ではなくても、両親がティラノサウルス・レックスなら、その優秀な遺伝子を受け継ぐ可能性は当然ある。可畏には同腹の兄が、淘汰《とうた》された者を含めると十人いたが、いずれもティラノサウルス・レックスではない。自分だけが最強の暴君竜として産まれたのだ。

「可畏……僕達の命は中生代から超進化を遂げて今に至るものだ。君の命は線状に繋げられた鎖の一部——無数にある環状部品の末端に過ぎないんだよ。次の輪に繋げて、命の鎖をさらに長く強く延ばしていくのが生物としての役目だ。パパのいっている意味がわかるかな？」

それができないなら欠陥品だといいたげなクリスチャンは、白衣のポケットから携帯電話を取りだす。画面はすでに光っていて、彼は表面に指を滑らせながら笑った。

「それにしても、潤くんを殺さなくて正解だったよ」

クリスチャンの言葉の意味を察する暇もなく、可畏は南の空から放たれる圧を感じる。振り返ると、強い太陽光と、光を遮ることのない立体的な影が目に飛び込んできた。

「……翼竜……！」

巨大な翼を広げたキメラ恐竜——白昼堂々森の中から現れたのは、ジェット機級の翼開張を誇るティラノサウルス・プテロンの影だ。

それを背負って飛来してくるのはリアムで、彼の腕の中には潤がいた。

我が目を疑う可畏だったが、そうしている間にもリアムが屋上に迫ってくる。

いつの間にかプールのスタート台の上に移動していたクリスチャンが、空に向かって右手を上げた。身を少し伸ばして、挙手するような恰好だ。

「潤……！」

「可畏——っ‼」

すべては一瞬の出来事だった。この場で恐竜化できない可畏は出遅れる。

潤の体がわずか十数メートルの位置まで来ていたにもかかわらず、何もできなかった。

リアムは潤を片腕に抱いたまま、地上の獲物を捕らえる鷲の如くクリスチャンの手を摑む。

リアムよりも重く大きな体が、空に向かって浮き上がった。

瞬く間に校舎の倍以上の高さまで上昇し、もし仮に可畏が恐竜化しても届かないほど離れていく。人型のリアム自身は静かに浮いているだけだったが、その上に見える影は、絶えず翼を広げて羽ばたいていた。

「潤くんは預かったよ！　返してほしければ島に来なさい！」

「やめろ……っ、返せ！　潤には手を出すな‼」

「お見合いが済んだら返すよ！」

ヘリコプターから下ろされた縄梯子《はしご》を摑む要領でリアムの手に摑まっているクリスチャンが、上空から声を張り上げる。そのうえ、空いている左手をひらりと振った。

「可畏！　可畏――っ‼」

「潤……‼」

余裕を醸しだすクリスチャンとは対照的に、潤は必死に助けを求める。

しかし可畏ができたことは、潤の名前を呼んで手を伸ばすことだけだった。

視線は繋がり、気持ちも繋がる。

潤の読心《どくしん》能力が自分にも伝染《うつ》ったかのように、想いが行き交った。

声は届かなくなっても、「助けてくれ！」と求められ、「必ず助ける！」と返す。

けれどそれだけだ。フェンスに張りついて空を見上げ、ただ誓うことしかできなかった。

「――クソ……ッ……!!」

可畏は怒り任せにフェンスを蹴り、熔接されていた数面を校庭まで吹っ飛ばす。

これは意味のない八つ当たりだ。何もかもが遅い。無力で、まったく役に立たない。

ティラノサウルス・プテロンの姿を確認した時点で迅速に恐竜化していればどうにかできたかもしれないのに――街中では如何《いか》なる場合でも恐竜化を抑えなければならないという、大型竜人ならではの絶対禁忌に神経を支配されていた。

どのみち自重で校舎を崩壊させ、屋上に立ち続けることさえできなかったかもしれないが、潤を助けるために全力を尽くせなかったことは事実だ。

――潤……待っていろ、すぐに行く！　俺が……！

クリスチャンやリアムへの怒り、そして自分自身への苛立ちに血を滾《たぎ》らせた可畏は、大地に縛られる己が宿命に誓う。最強の暴君竜として、翼竜リアムを空から引きずり下ろし、クリスチャン・ドレイクを倒す。実の父親であろうと関係ない。潤を、必ずや奪い返す――。

《十一》

潤《じゅん》がリアム・ドレイクの出身地として認識していたハワイの竜人の島は、一般には名前すら知られていないプライベート・アイランドだった。

島の名はガーディアン・アイランド。

竜人はこの無人島を便宜上ハワイと呼んでいるが、正確にはハワイではなく、ハワイ諸島の最北端よりさらに北に位置している。

巨大な孤島は起伏が激しく、平地の森や湖は島の中央に集中していた。

周囲を囲う山脈には常に雲がかかり、降水量が非常に多い。

恐竜が闊歩《かっぽ》しても外部から見えにくい地形に加えて、恐竜化の際に水分を細胞内に取り込む竜人にとって、最高の温暖湿潤気候が一年中保たれていた。

グランド・キャニオンさながらの大渓谷や、無数の洞窟と滝、断崖絶壁の海岸、草食竜人が好む植物、肉食竜人の餌となる野生動物——まさにすべてが揃った竜人の楽園であり、彼らのポテンシャルを最も高める聖地だ。そのため、主に交尾や保養に使用されている。

世界中の有力竜人の共有財産であるこのプライベート・アイランドは、特定の誰かの物ではないが、島の中心部にはクリスチャン・ドレイクが管理する研究所があった。

彼は中立的な立場であらゆる種族の繁殖に力を注ぎ、竜人界全体の未来を科学技術によって支えている。そのうえ恐竜としても極めて強いティラノサウルス・レックスであり、島の中で予想外の諍《いさか》いや問題が生じても、独りで対処できるだけの力を持っていた。

「オジサン、こんな馬鹿なこともうやめてください。自惚《うぬほ》れだと思われるかもしれませんけど、俺を人質にして可畏《かい》を動かすのは危険です」

「そうだね、可畏には母親殺しの前科があるし」

「わかってるならやめてください！　俺は可畏に父親と戦ってほしくないんです」

事実上この島の管理者として君臨するクリスチャンと二人で、潤は南北の山脈を繋《つな》ぐロープウェイに乗っていた。

丈夫なワイヤーの中央部分から吊り下がるロープウェイの搬器の高さは、首が長く背の高いディプロドクスやブラキオサウルス、サウロポセイドンですら届かないほどで、当然ながら、恐竜化した可畏の頭上よりも遥かに上の位置にある。

「潤くん、僕は可畏と戦う気なんてないよ。ここは人間の目で見てもとてもいい場所だろう？　いわゆるパワースポットの一種で、この地に立つだけで力が漲《みなぎ》ってくるんだ」

クリスチャンはロープウェイの窓を開け、白衣姿で窓枠に座りながら両手を広げる。

多くの機材が詰まれた搬器の中を所在なく歩き回っていた潤は、外の景色に目をやった。

眼下に広がるのは、霧でソフトフォーカスをかけた世界——中規模の湖を擁する丘陵だ。黄緑色の絨毯《じゅうたん》を敷き詰めたかのようで、朝靄《もや》に包まれたアルプスの高原を彷彿《ほうふつ》とさせる。苔《こけ》むした岩や倒れた木も点在していたが、それ以上に色とりどりの花々が目立っていた。

「いい場所だけど、霧であまりよく見えません」

「今日は誰もいないが、普段は大型や中型の草食恐竜が歩いている場所なんだ。草も花も日々踏みにじられて地面は荒らされている。……それなのにこの状態だよ。気温は低くても地熱は高く、植物の生長が著しく促進される特殊な自然環境だ。僕はここをファームと呼んでいる。ブリーディング・ファームだからね」

「そういうパワースポットだから……ここでお見合いさせようっていうんですか？」

「そう、戦いどころではないんだよ。それに、お見合いだけでは終わらない。僕はいつもこの特等席から恐竜達の交尾を観察しているんだ。もちろん録画して研究材料にしている。血筋も体格も完璧なパートナーがこのファームで出会うと……もう止まらない。凄《すご》いだろう？　増幅される互いのフェロモンによって発情が促され、予定よりも早くシーズンが訪れるんだ。僕が君を人質に取って、スピーカー越しに『交尾しなさい』なんて命令しなくても、きっと二人は求め合う」

「可畏に、俺の見てる前で実の妹と交尾させるとか、そんなの親のすることとは思えません。

悪趣味です。そういうの人間社会では鬼畜の所業っていうんですよ。知ってます？」

「僕のことはさておき、君は交尾を浮気だと思う？　妹と子作りなんて背徳的に感じる？」

「思いますよ、感じますよ！　俺は人間で、よくいる普通の日本人ですから。ただ、思うのと否定するのは違いますけどね」

「否定はしないんだな」

「――したいけど……基本的にはしません。竜人社会の通例を俺が否定するのは、人間が猿に向かって、『裸は恥ずかしいから服を着ろ』っていうのと同じことだし。……けど可畏本人が人間的な感覚で嫌がっている以上、竜人社会の常識を可畏に強要するのはやめてほしいんです。貴方《あなた》に諦《あきら》めてほしいって思ってます。だからこんな……喉《のど》カラッカラになるくらい、うるさくしつこく説得し続けてるんじゃないですかっ」

嗄《か》れかけた声を振り絞った潤は、ロープウェイに設置されたロングシートに荒々しく座る。不満をわかりやすく表現するため、わざとドカッと音を立てて腰を落とした。

実際のところ時差のせいで疲れていて、立っているのがつらい。

疲労は肉体の問題ばかりではなく、マンションに閉じ籠《こも》っていたことで最初からストレスが溜まっていた。

盗撮用カメラが連日見つかることによる怒りや緊張、登校拒否に関して母親にも妹にも何もいえなかったこと。何より可畏のメンタルが心配で、心が擦り切れる日々を送っていたのだ。

ベランダで洗濯物を取り込んでいる最中にリアムに攫《さら》われ、自分を見張っていたヴェロキラ二人を部下の手で半殺しにしたと告げられた時は絶望しかけたが、今はどうにか希望を抱いて気持ちを立て直している。

学院の屋上で可畏と視線を合わせた時、その感情が確かに伝わってきたからだ。

完全な言語として届くわけではないが、言葉にするなら『必ず助ける』『絶対に迎えにいくから待っていろ』――と、悲痛な叫び混じりの誓いが頭の中に届いた。

あのあと、空から降りて車に乗せられ、リアムから新品の制服に着替えるよう命じられて、今も履きたくない革靴を履いている。大人しくしていれば家族の身の安全は保障するといわれ、空港から竜嵜《りゅうざき》グループが所有するプライベートジェットに乗ったのだ。

クリスチャンやリアムと共にホノルル国際空港に到着し、彼らが用意した偽造パスポートで入国審査をパスした時は、犯罪者になった気分だった。

オアフ島から船でこの島に連れてこられて、約一時間。日本を出て半日が経過している。

潤はここに来るまでに喉が痛くなるほど執拗《しつよう》にクリスチャンを説得したが、暖簾《のれん》に腕押しの状態で、彼の考えは一ミリも動かせなかった。

一方リアムは、日本にいた時とは打って変わって静かで、潤やクリスチャンが話しかけても気づかず、常にぼんやりしていた。会話にならなかったため、彼とはほとんど話していない。

「……リアムはどこに行ったんですか？」

「今は空の上だよ。可畏がオアフ島を出てだいぶ経つし、そろそろ船が見えるかと思って」

「元気がなかったけど、大丈夫なんですか？」

「大丈夫って、何がだい？」

可畏がこの島に近づいてきていることを知ってからクリスチャンは興奮気味で、今もロープウェイの窓枠に座って夢見るような顔をしている。

厚い雲に覆われた空を見上げたり、朝靄に霞《かす》む高原を見下ろしたりと、見合いの瞬間を心底楽しみにしている様子だった。

「リアムはこの島で、オジサンの娘と一緒に育ったんですよね？　それなのにオジサンは娘の交配相手を可畏に決めて……同じ年のリアムを選ばなかった。それってリアムにとってかなりショックなことなんじゃないですか？」

「その心配はないよ、リアムは可畏と違って僕には逆らわないし。あの通り美人で親孝行で、本当にいい子なんだ。混合遺伝子で作られたから親が十人いるようなものなんだけれど、その十人のうち、リアムを我が子だと思っているのは僕一人だ。実際にあの子を作り上げたのも、あそこまで育てたのも僕だからね。リアムは僕を唯一のパパだと思って、どんな願いも叶えてくれる。本当にいい子なんだよ」

自慢げに答えたクリスチャンに対し、潤は「本気でいってるんですか？」と問い返す。

竜人だからなのか、それとも性格の問題か、子供心がまるでわかっていない人だと思った。

「オジサンに感謝してて、オジサンこそが自分の父親だと思って服従してるからって、心までコントロールできませんよね。オジサンが大事な場面で可畏を優先したら、リアムはやっぱり傷つくと思います。だってなんか、この島に近づくに従って気分が落ちてる感じに見えたし、なんていうか……あの強烈なキラキラオーラが消えて、凄いどんよりしてましたよ」

「そうだったかい？　君の気のせいじゃないかな？」

「いや、違うから」

半ばキレかけた潤は、苛立《いらだ》ちのあまり座ったまま地団駄を踏む。

足元は板張りの床で、ロープウェイの搬器の大きさはバスの三分の二程度だった。

座席は狭く、ロングシートが左右の窓の下に取りつけてある。

搬器の前後には、テレビ局で使われるようなカメラ機材が設置されていた。

潤が地団駄を踏んだくらいでは揺れないほど頑丈な造りだが、しかし床はギシギシと不快な音を立てて軋む。時折強めの風が吹くと、頭上からも音がした。

ロープウェイ自体はすでに停止していて、潤とクリスチャンは今、可畏とその妹のお見合い予定地を斜め上から見下ろす位置にいる。

「ああ……可畏を乗せた船が到着したそうだよ。同行しているのはラプトル竜人四名と、生餌《いきえ》九名だそうだ。竜泉《りゅうせん》の生徒会を丸ごと全部引き連れてきたんだね。生餌はそのくらいいないと腹が持たないか……可畏は燃費が悪いから」

リアムからなのか、それとも研究所の助手からなのか――クリスチャンは可畏到着の連絡を受け、タブレットの画面を見ながら笑う。

「ラプトルが四名ってことは……半殺しにされた二人も同行してるってことだから、飛行機に乗れる程度に回復したってことですよね？　よかった、ほんと、よかった……」

ヴェロキラ四人のうち二人が自分を見張っていたことをリアムから聞いていた潤は、それがヴェロキラの辻《つじ》なのか佐木《さき》なのか、それとも林田《はやしだ》なのか谷口《たにぐち》なのかわからないまま、半殺しにされた彼らが早く回復するよう願っていた。

二人を襲ったリアムの部下はアロサウルスで、ヴェロキラプトルよりも格段に大きい。どちらも超進化を遂げて巨大化しているが、力の差は歴然としていた。あくまでも半殺しであって、殺してはいないといわれても心配で、ずっと胸に引っかかっていたのだ。

「ラプトルが無事かどうかなんて重要かな？　君の立場なら、可畏が来てくれてよかったって、涙を流して喜ぶところじゃないのかい？」

「もちろんそれもよかったけど、可畏が来てくれるのはわかってたんで」

潤の答えに、クリスチャンは「大した自信だね」と苦笑する。

「――信じてますから」

可畏が必ず、それも迅速に来てくれることを潤は信じて疑わなかったが、しかし本当は一つ心配していたことがあった。

閉所恐怖症の可畏が飛行機で長時間移動するのは、精神的負担が大きかったのではないかと思う。

幼少期にこの島に来ていることから考えて、飛行機に乗れないわけではないと思われるが、おそらく相当な我慢が必要になるだろう。

可畏のトラウマは地下にあるため、高所や明るい場所であれば多少狭くても耐えられる。

そもそも最近は克服しつつあったのだが、潤としては安心していられなかった。

可畏の閉所恐怖症克服には、自分の存在が不可欠だと思えるからだ。

やや狭い場所や暗い所で過ごす時、可畏はいつも接触を求める。

——皆で移動してるから大丈夫、とかならいいけど……。

可畏がユキナリを始めとする生餌達に触れるのは嫌だが、彼らの手を握ったり肩を抱いたりすることでいくらか楽に過ごせるなら、むしろそうしてほしいと思えた。

フラッシュバックが起きて症状に襲われた時の可畏は本当につらそうで……今でもその姿が頭に焼きついている。誰と何をしてもいいから、もうあんなふうに苦しんでほしくない。

「上空を旋回していたリアムも地上に降りたし、あとは僕が用意した案内人が可畏をこの場に導くのを待つだけだ。もちろんここに来るのは可畏だけだよ。戦いではなくお見合いだからね、側近と生餌には遠慮してもらわないと」

「可畏の妹は、どこにいるんですか？」

「あと少ししたら近くまで来て恐竜化する予定だ。そうすればここからでもよく見えるようになる。素晴らしく美しい恐竜だから、是非刮目《かつもく》してほしいな」

クリスチャンは潤の問いに答えると、窓枠から降りて大きく深呼吸する。

目の前に広がる草原の空気を思い切り吸って、肺にたっぷりと酸素を送り込んだ。

「この時間の空気は最高だ。湿度が高くて、大型竜人でも容易に恐竜化できる」

「──刮目しろっていわれても、ガスってて少し先までしか見えません」

「ああ、そうか、残念だな。竜人の目や超高感度赤外線カメラなら見えるんだが、君の目には厳しいか……。この周辺一帯は地形的に急激な温度勾配があるうえに、流れ込んでくる微量の火山灰の影響で日中でも霧が発生するんだ」

「……あの……一つ気になってることがあるんですけど、竜人は、人型でしても……子供できないんですか？」

「そういうところに興味を持つところが人間らしいね。答えは少し曖昧《あいまい》になるが、ほとんどの種族は無理だ。ただし可能性がゼロというわけではなく、受胎不可能とされている種でも稀《まれ》に人型のセックスで受胎することもある。ただしその場合は、恐竜化できない、なりそこないが産まれる確率が高い。理想としては、人型の状態で胤《たね》が薄くならないような性行為をして……つまり、主導権を握る女性の体を男が愛撫《あいぶ》してその気にさせ、男女共に盛り上がったところで恐竜化し、雄と雌として本能のままに交尾する」

「先に、人型で……」

「心配は無用だよ。今回は人型の状態で愛撫して盛り上がるのは無理だから、その行程は省くことにしてある。君としては嬉《うれ》しいだろう？　どのみち恐竜化した雄が発情した雌の分泌物の匂いを嗅げば、本能でヒートするからね。……そして無事に受精が済んだら雌は数日間恐竜の姿で過ごすんだ。それから人型に戻り、人間と同じような方法で人型のベビーを産む。因《ちな》みにティラノサウルスの交尾は、尾を上げた雌を地面に伏せさせ、その背中を雄が前脚で踏みつつ上に乗る。犬と大して変わらない恰好だよ。迫力は桁《けた》違いだけど」

「――そりゃ……ド迫力」

「ティラノの交尾を見学できるなんて、君は本当にラッキーな人間だね。可畏クラスだと勃起《ぼっき》時のペニスは六メートル超だと思うよ。いや、たぶんもっと伸びるんじゃないかな……それも詳細に記録したいんだ。本当に楽しみだよ」

「……最低」

「最高だよ」

潤の呟《つぶや》きにも動じないクリスチャンは、録画用機材を作動させる。

何を聞いても何を見ても、潤には理解し難いことばかりだった。

可畏の相手が妹だということは特異過ぎるので一旦置いておくとして、同性の恋人が異性と見合いをして子作りをすると考えると、それはとても嫌だと思う。

もちろん、彼らの見合い現場や性行為を見るなど、絶対にあり得ない話だ。

しかし自分が今から見せられるのは、恐竜の雄と雌の見合いであって、同性の恋人を異性に奪われるシチュエーションとは必ずしも被らない。どこか他人事《ひとごと》に思えた。

──実際に見てないからかな……見たらやっぱり凄え嫌って思うかも。恐竜の可畏のこと、俺はちゃんと可畏として認識できるし、うん……やっぱり嫌かも……。

これからどうなるのか、潤は先が読めない状況の中ですでに決めていることがあった。

クリスチャンは潤を人質にして、可畏に見合いどころか子作りまでさせようと考えている。すべてがクリスチャンの思惑通りになり、恐竜化した可畏が雌のフェロモンに流されようと、真っ当な意識がありながらも脅されて仕方なく交尾をすることになろうと……不平不満は一切いわないと決めたのだ。

感情的に嫌かどうかは関係なく、可畏が自分を助けようとして行き着く結果なら、何がどうなろうと全部受け入れる心積もりだった。

自分への愛情故なら、何が起きても許容できる。可畏に痛手を負わせてでも家族を優先した自分を、可畏は許してくれた。そんな彼を以前にも増して好きだから、もしも可畏自身が己を責めるような結末が訪れても、自分だけは味方でいる。

──最悪の展開は……可畏がオジサンを殺してしまうことだ。それだけは絶対に避けたい。そんなことになるくらいなら、目の前で雌恐竜と交尾される方がマシだ。可畏は肉親を憎んで嫌ってきたけど……父親にだけは確かな愛情や尊敬の気持ちを持ってる。父親を殺すのも妹と交尾するのも、可畏にとってはどっちも不本意な行為だ。けど俺を人質に取られて話し合いで決着がつかず、どうしてもどっちか一つ選ぶしか道がないなら……一人死ぬより一人産まれる結末の方が断然いい。

潤はロープウェイのロングシートに座ったまま、制服の黒いパンツの膝を摑《つか》んだ。

可畏の負担になっている自分がもどかしく、自力では何も解決できないのが悔しい。

可畏のことをよく知っている潤には、可畏に近い力を持つクリスチャンや、飛行能力を持つリアムに歯向かう意気がなかった。

逆らえば家族を殺す——と脅されていることもあるが、仮に天涯孤独の身だったとしても、物理的には抗《あらが》えなかっただろう。自分にできることは言葉で説得を試みることだけで、それも失敗して今に至っている。

「潤くん、うちのお姫様が恐竜化するよ。暴風注意だ」

クリスチャンはそういうと、開いていた窓を閉じた。施錠までする。

可畏の妹の姿が見たかった潤は、立ち上がってクリスチャンの横に移動した。

朝靄に包まれたファームに、薄らと人影が見える。白人で、長い金髪の持ち主だった。

——クリスチャンの娘なのに……白人？

彼女はバスローブのような物を着ていて、こちらに背中を向けて脱ごうとしている。

女性にしてはとても背が高く体格がよかったが、以前可畏の母親も長身だと聞いていたので、そういうものだと思って特に驚かなかった。

「……ッ⁉」

立ち込める霧のせいで明瞭《めいりょう》には見えないものの、彼女の後ろ姿に潤は息を呑む。

露《あら》わになった体は透けるように白く、引き締まった筋肉に覆われていた。

肩、腕、手、脚――そして何より腰つきが、どう見ても男の物だ。

背中の中心に流れる豊かな金髪は、ピンク掛かって見える。

「リアム……ッ⁉」

間違いない――今ファームの中心に立っているのは長身の男性であり、つい先程まで一緒に行動していたリアム・ドレイクだ。

クリスチャンは「お姫様」や「娘」といった呼び方をしていたが、ここにいるのは王子様と呼んだ方が相応《ふさわ》しい容貌と性別を持つリアムであり、彼の息子に相当する竜人だった。

「うわ……っ、あ……！」

施錠された窓に顔を近づけていた潤は、突如起きた風に身構える。

ロープウェイがリアムのいる東側に大きく揺れ、手摺りを掴まずにはいられなかった。

竜ケ島《りゅうがしま》で可畏が恐竜化した時と同じく、リアムに向かって空気が一気に動いている。

霧は一瞬にして晴れ、視界がたちまち良好になった。

潤が竜人の恐竜化を直接目で見るのは、これが初めてだった。

雲まで巻き込むように空気中の水分を取り込んだリアムの体は、一秒足らずで数十倍に膨れ上がり、人でも恐竜でもない巨大な白い塊に変わる。

しかしそれすらも束の間の形に過ぎず、次の瞬間にはもう、頭や体、獣脚類としての前肢と後肢、翼竜としての前肢がついた翼の形状が明確になっていた。

翼を除いた本体部分はティラノサウルス亜科のダスプレトサウルスで、頭部や牙の大きさはティラノサウルス・レックスにも引けを取らない。

図鑑で見た通り、体全体がどっしりと重い印象だったが——しかしキメラ恐竜ティラノサウルス・プテロンと名づけられた彼のカラーは、信じられないほどの純白だった。

「真っ白な、恐竜……っ」

「奇跡の翼竜だよ。恐竜化すると重くて飛べないのが玉に瑕《きず》だが、とても美しいだろう？」

可畏よりは小型だが、従来のティラノサウルス・レックスか、それ以上の大きさはある巨大恐竜は、人型のリアムと同じラズベリーピンクの目をぎらつかせていた。

何より特徴的なのは翼で、プテラノドンのそれのような、体に対して非常に大きく薄い翼を脇腹にぴったりと張りつけている。

「確かに綺麗《きれい》だけど……なんで、なんでリアムがあそこに⁉」

潤は何故この場でリアムが恐竜化するのか、わけがわからないまま立ち尽くす。

竜巻のような現象は終わろうとしていたが、ロープウェイは今も揺れ続けていた。

ギシギシと鳴る中で、心臓が激しく鼓動する。希少なキメラ恐竜の変容を目にしたからではなく、胸騒ぎがするせいだ。何か、よくないことが起きる気がした。

「可畏も恐竜化したようだね。南側の空が動いている」

これはどういうことなのかと、潤がクリスチャンに問うより先に雲が動く。

彼のいう通り、南側の……しかしここから程近い空で、竜巻に似た現象が起こっていた。

可畏が大気中の水分を一気に引き寄せて、恐竜化している証拠だ。

竜人はそうして細胞の一つ一つに大量の水分を取り込み、増幅及び変態する。

数十キロしかない人間の体から、数トン或いは数十トンもある恐竜の体を形成できるのだ。

──見える……T・レックスだ……黒いT・レックス！

ティラノサウルス・プテロンとは対照的に、表皮が黒いティラノサウルス・レックスが姿を見せる。一度は晴れた霧が復活し始めていたが、それでも確かに全容が見て取れた。

「可畏……っ」

その姿を目にした途端、潤は飛びつくように窓を開ける。

可畏が来てくれることを信じていたとはいえ、やはり直接姿を見ると感極まった。

お見合いという話はどうなったのか、クリスチャンの娘がどこに行ったのか……わからないことだらけだったが、今はとにかく、可畏が来てくれたことが嬉しい。

「可畏――っ!!」

強風の名残がある外に身を乗りだした潤は、嗄れた声で可畏の名を呼ぶ。

まだ遠く低い位置にいる彼は、明らかにロープウェイを見上げていた。

潤は大きく手を振って、無事であることをアピールする。

さらに声を張り上げ、可畏の名前を何度も呼んだ。

「さあ、お見合いが始まるよ。血族の若い雄と雌が初めて見《まみ》える瞬間だ」

クリスチャンは潤の腕を掴んで引き戻し、再び窓を閉めて施錠する。

お見合いの邪魔をするな、集中させろ――といいたげだったが、実際には何もいわず、窓の向こうを注視していた。

黒い虹彩に赤い色が目立ち始め、興奮が見て取れる。

「お見合いってどういうことですか⁉　リアムは男なんだし、恐竜になっても雄ですよね⁉」

「基本的には雄だが、実は雌雄《しゆう》同体なんだ。リアムは僕の息子であって、娘でもある」

「――え……え、っ⁉」

「産まれた時から雌雄同体ではあったが、九割方雄だったので雌として繁殖に使うのは完全に諦めていたんだ。ところが交配予定だった帝訶《ていか》姫が死んでしまったとわかった途端、リアムの体は急激に変化した。一見すると雄のままだが、体内では雌化が進み……わずか二週間で受胎可能なレベルまで成熟した」

「……二週間……たったそれだけで、そんな急に……雌に？」

「このままでは強い子孫を残せないことを知って、本能が危機感を覚えたんだろう。潤くん、君はクマノミという魚を知っているかい？」

「クマノミ？　イソギンチャクに住む、派手な熱帯魚ですよね？」

「そう。クマノミは雄として産まれて、集団の中で一番強く大きい個体だけが雌に性転換して産卵する。そこに二番手の個体が精子をかけて受精する仕組みなんだ。それとよく似た現象が起きたんだよ。リアムの血族のティラノの中で、最強最重の雌だった帝訶姫が死んだことで、雌化する素質を持っていたリアムの体は自然に女王のポジションを取りにいった。自らの遺伝子を残すために、血族の中で最も強い雄と子供を作ろうとしたんだ。雄のままでいるよりも、その方が強い子を後世に遺せるからね。なんとも素晴らしい進化だろう？」

クリスチャンの説明を聞いている間に、黒い暴君竜と、飛べない白い翼竜が顔を合わせる。

ロープウェイは二頭の頭上より上にあり、彼らの一挙手一投足を捉えることができた。

霧が視界を不鮮明にしていたが、二頭の立ち位置が今のままなら問題なく見える。

「可畏がリアムの性別に気づいたようだ。恐竜になると見た目以上にフェロモンで感じられる。そして……その気になった雌の匂いを嗅いだ若い雄は、否応なく発情を促される」

クリスチャンの言葉通り、可畏は動揺している様子だった。

自分よりもやや小さい白い個体を前に、じりじりと二の足を踏む。

可畏が戸惑うのも当然の話だ。可畏がこの島に来てどういう行動を起こすつもりでいたかはわからないが、もし仮にリアムやクリスチャンを倒すつもりでいたとしても、初めて会う妹を殺す気はなかっただろう。

可畏が今目の前にしているのは、父親の隠し子である初対面の妹のはずだったのに、交配の相手が既知の男のリアムだと知って、どうするべきかわからなくなっているのかもしれない。

或いは、リアムが放つ雌の匂いに誘われて、雄として発情しつつあるのだろうか。

雌の匂いにやられるのを避けるためか、可畏は後ろ脚で数歩下がった。

ワイヤーに吊るされた搬器の中にいる潤には地響きが感じられないが、巨大な暴君竜が少し動くだけで、霧が大きく流動するのが見て取れる。もしも地面に立っていたら、下からずんと突き上げられるような振動を感じているところだろう。

「当初の計画では……君が王子様のようなリアムに恋心を抱いたことにして、プライドの高い可畏を傷つけるつもりだった。そうすれば可畏は自分の手で君を殺すだろう？　打ち拉《ひし》がれた可畏に妹との縁談を持ちかけてここに誘い、実はリアムでした……と種明かしをして見合いをさせる。恋人を奪った間男が雌化して尻を向けてくるなら、可畏の支配欲は満たされ、交尾が復讐になる。雌雄同体で翼を持つキメラ恐竜と、天然物の最強T・レックス……産まれてくる子供はどんな姿か、性別はどちらか、予想がつかなくて面白い。リアムの体には可畏の両親と祖父の血が流れているからね。妹といっても過言ではなく、優秀な子が期待できるんだ」

「そんな計画……思い通りいくわけないじゃないですか。そもそも最初から無理があります。俺は元々男が好きなわけじゃないし、美形だからって理由で簡単に乗り換えたりしませんから。可畏だって、振られたから即殺すとかあり得ないし」

「そうだね、僕は甘かったよ。君達の絆が予想以上に強固だと聞いてすぐさま路線変更をしたわけだけれど、結局のところ結末は同じ……っ、なんだ？　おかしいな、リアムは何をやっているんだ？」

直前まで上機嫌に話していたクリスチャンは、急に顔色を変えた。

下を見ながら眉間《みけん》に皺《しわ》を寄せ、「リアム？　どうしたんだ⁉」と焦りを見せる。

彼の視線の先にいるリアムの姿を見てみるものの、潤には何が問題なのかわからなかった。

「尾を上げてない……尻を向けてもいない。何をしてるんだ、あれでは無理だ！」

クリスチャンは突如鬼のような形相で叫ぶと、硝子《ガラス》を割りかねない勢いで窓を開ける。

ファームで可畏と睨《にら》み合っているだけの翼竜を、「リアム！」と怒鳴りつけた。

いったい何が問題なのか、何故叱り口調なのか、潤にもようやくわかってくる。

動物の交尾を生で見たことはないが、発情期の雌犬が尾を体の横に張りつけ、肥大した生殖器を露わにして誘いのポーズを取っているのを目にしたことはあった。

その犬を飼っていた友人宅には雌しかいなかったが、発情した雌の匂いに他の雌が誘われて、雌犬同士で無意味なマウントをしていたのだ。

——リアムが可畏をその気にさせるには、顔を見合わせてたんじゃ駄目なんだ。人間の男女じゃないんだから、見つめ合ってないでまずは尻尾を上げて性器を向けて……そういう匂いを嗅がせないと始まらない。今の雰囲気だと、まるで喧嘩《けんか》を売ってるみたいな……。

可畏が風上に移動して警戒態勢を取る中、リアムはクリスチャンの声に振り返る。

やはり尾を上げずに、ただじっと、ラズベリーピンクの目でロープウェイを見上げていた。

クリスチャンは「リアム！　どうしたんだ⁉　早くしなさい！」と叱りつけたが、ティラノサウルス・プテロンのリアムは、暴君竜を誘惑しようとはしなかった。

「オジサン、待ってください。リアムは……こんなの嫌だったんじゃないですか？」

「まさか、そんなはずはない！　リアムは従順だし、急に雌化した時、僕が喜んだらリアムも嬉しそうにしていたんだ！　本当に嬉しそうに……！」

「男として育ったのに急に女になったってことですよね⁉　それ普通は嫌ですよ！」

「君の普通は人間の普通に過ぎない！　ティラノにとって雌は雄より格上の存在だ！」

「だったら子供作るのも相手選ぶのもっ、リアムに選択権があるんじゃないんですか⁉」

「リアムは帝訶姫とは違う！　種族的にはT・レックスより下だ！　何しろ弱いからね！」

リアムは今もこちらを見ていて、尾を上げようとはしない。

その行動が信じられないクリスチャンは、英語でブツブツと神に祈りだし、再び窓から顔を出して「リアム！　僕は君の子が欲しいんだ！」と叫んだ。

「ちょっともう、いい加減にしてください！　これじゃどっちもかわいそうです！　誰と誰をかけ合わせたらどうなるとかじゃなくて、もっとちゃんと人の気持ちを考えてください！」

潤の頭の中には、自分に向かって恨み言をいってきたリアムの姿が浮かんでいた。

帝訶様を殺されたことは、将来産まれるはずだった我が子を殺されたも同然だ——と、そう主張して怒っていた彼の本音が、今になってわかってくる。

十八年間、男として生きてきたリアムは、竜嵜帝訶を失ったことで突然雌化が進んで思わぬ現実を突きつけられ、父親同然の人から雌として子を産むことを望まれたのだ。

しかも交配相手はクリスチャンの実の息子で、如何《いか》にも雄らしい雄の可畏。

自分が雌の体になったのは可畏とその恋人のせいなのに、可畏に抱かれて子供を産まされるなんて、絶対に嫌だ——と考えて然《しか》るべきだろう。少なくとも自分だったらそう考える。

「え……う、わ……！」

リアムの気持ちを慮《おもんぱか》る潤の前で、突如ティラノサウルス・プテロンが咆哮《ほうこう》を上げた。

耳がおかしくなりそうな轟音《ごうおん》と共に、空気がびりびりと振動する。

実際に窓硝子が揺れ、強烈な圧を肌でも感じた。

「リアムッ、やめなさい！　リアム——ッ‼」

クリスチャンの声が響く中、リアムは咆哮のために開いた口もそのままに、可畏に向かって突進する。潤が耳を塞いでいる間の、ほんの一瞬の出来事だった。

——え……まさか、そんな……！

ティラノサウルス・レックスにも引けを取らないダスプレトサウルスの牙を持つリアムは、風上にいた黒い暴君竜に躊躇《ちゅうちょ》なく咬《か》みつく。

鋸歯縁《きょしえん》と呼ばれる、肉を切るための鋭いギザギザがついたステーキナイフのような牙を剝《む》き、暴君竜の頸肋骨《けいろっこつ》に食らいついた。

「可畏……っ‼」

今度は暴君竜が怒りの咆哮を上げ、再び空気が振動する。

薄靄の中に真っ赤な血が噴水のように上がるのを、潤は確かに肉眼で見た。

流血しているのは黒い暴君竜にもかかわらず、その血は白いティラノサウルス・プテロンの体に降り注ぐことで認識できるようになる。

「可畏……血が、可畏の血があんなに！」

潤は無我夢中でクリスチャンの腕を摑むと、「二人を止めてください！」と懇願した。

しかしそうしている間にも二頭の争いは加速する。元々は攻撃態勢になかった可畏は、最早完全に怒り狂っていた。

「駄目だ……リアムッ、恐竜化して可畏に攻撃なんて……自殺行為だ！」

クリスチャンはそう呟くなり拡声器に飛びつき、英語でリアムに制止を求める。

ティラノサウルスの竜人は恐竜化すると理性が薄くなり、凶暴化する性質があった。

ましてや攻撃されて血など流せば、怒りのあまり見境がつかなくなってしまう。相手が希少な雌でも関係なく、動いているというだけで食らいつくのだ。

「やめなさい！　可畏……っ、リアムを殺してはいけない！」

「可畏！　落ち着いてくれ！　頼むからもう、誰も殺さないでくれ！」

クリスチャンに続いて潤も拡声器に顔を寄せ、可畏に向かって訴える。

山に囲まれたファームに二人分の声が木霊《こだま》したが、しかし二頭の戦いは終わらなかった。人に置き換えれば首の下を咬まれた可畏は、激昂《げっこう》した顔つきで太く長い尾を振り上げる。

咬みつこうとして襲いかかってくる白い翼竜の体に、それを容赦なく叩《たた》きつけた。

リアムは大きな翼を持つためにバランスを崩しやすく、一撃で真横に倒れる。

そのうえ起き上がるのに難儀して、片側の翼をバサバサと広げた。

「可畏！　やめなさい！」

「可畏……やめてくれ！　もう勝負はついてる！」

クリスチャンと潤が半ば声を重ねて制止しても、血塗《まみ》れの暴君竜の勢いは止められない。

可畏は眼前で羽ばたくリアムの翼に咬みつき、根元に近い橈骨《とうこつ》の一部を、皮ごとブチブチと食い千切った。

——可畏……‼

草地に伏せながら絶叫するティラノサウルス・プテロンの姿に、潤は言葉を失う。

どうにかして可畏を止めたかったが、何をすればいいのか本気でわからなかった。

おそらく可畏は、雌のフェロモンに発情を促されないように……と、そういう意味での警戒ばかりしていて、思いがけない攻撃をまともに受けてしまったのだ。

命の危険を感じる怪我を負い、血を見てキレた状態にある。

急所に近い部分を咬まれ、敵になった個体から向けられた殺意に対抗する暴君竜――それを止める方法なんてあるのだろうか。

眼下ではようやく立ち上がったリアムが再び可畏に咬みつこうとしており、傷ついた片翼を広げたまま頭ごと突っ込むところだった。

しかし有翼でバランスの悪いリアムよりも、超進化型ティラノサウルス・レックスの可畏の運動能力が上回り、敏捷《びんしょう》な動きで攻撃を躱《かわ》す。

「リアム……ッ、危ない！」

「可畏！　もうやめてくれ‼」

限界まで大きく開かれていたリアムの……ティラノサウルス・プテロンの口は、虚しく霞を食らうに終始した。ばくりと口を閉じると同時に、頭の重さに耐えかねて前屈みになる。

そこを透かさず暴君竜の後肢で踏まれ、下顎《したあご》から草地の上に沈み込んだ。

「オジサン！　オジサンは可畏と同じT・レックスだろ⁉　キレた状態のT・レックスを落ち着かせる方法を教えてくれ！　可畏を止めなきゃリアムが死ぬ！」

クリスチャンの知識に頼るべきだと判断した潤は、彼の白衣の襟を掴む。

己の身に一切の危険がなくなるまで、敵を徹底して打ちのめすのが彼らの生存本能――弱肉強食は自然の摂理に違いないが、彼らは完全な恐竜ではない。悲しい結末は見たくなかった。

「何か、何か一つくらいあるだろ⁉　猫の喧嘩を水かけて止めるみたいに、何か方法が！」

クリスチャンの体を揺さぶりながら、潤は裏返りそうなほど必死な声で怒鳴る。

すると次の瞬間、クリスチャンは何か閃《ひらめ》いたようにカッと目を剝いた。

身を翻《ひるがえ》し潤の手から逃れ、目にも止まらぬ速さで搬器の後部に向かう。

「そうだ、水だ……！　よくいってくれたな！　二人を止める方法はある。もう何年も使っていないので失念していたが、こんな時のために用意してあったんだ！」

「……っ、水かければ止まるのか⁉　スプリンクラーとか⁉」

「その逆さ！　僕が開発したポリマーだ！」

「ポリマー⁉　ポリマーって何⁉」

クリスチャンは声を上げると同時に、業務用カメラの横にある機械を操作した。

ディスプレイを見ながらキーボードを叩き、そして「これで終わりだ！」と叫びながら赤く円いボタンを押す。まるで、映画に出てくる爆弾の発射ボタンのようだった。

「うわ……っ、な、何……⁉」

爆弾の発射ボタン――そんな潤の思いつき通り、ファームが突然爆発する。

遠隔操作型の地雷が同時に爆音を上げ、緑の芝と花々を一気に吹っ飛ばした。

地面が等間隔に抉《えぐ》られて、剥きだしになった地雷から濃い青色の煙が勢いよく噴射される。

ロープウェイの位置は高く安全だったが、ファームは一瞬にして青一色に染まった。

煙は空に向けて徐々に上がり始め、白かった霧と混じって淡い色に変わる。

地面から空へ、濃い青から水色へと、グラデーションがかかっていた。

「う、何……これ……っ」

搬器の窓から入り込む水色の煙に、潤は喉の痛みを覚える。

異様に喉が渇いてゲホゲホと咳をした直後、ほとんど無心で窓を閉めた。

自分も可畏と同じだ……と、不意に思う。体に痛みや異変を感じて危険を察知すると、生存本能に支配されて目の前の問題にばかり囚われてしまうのだ。窓を閉めなきゃと思った覚えもなく、ぴしゃりと閉めて煙を遮っていた。

「……ッ、オジサン、これは？　いったい何を……」

「対竜人用の、超吸水性高分子爆弾。青く着色した煙のようなものは、超微粒子ポリマーだ。あらゆる物質から、純然たる水分のみを強制的に……しかも瞬時に吸い上げる。口の中が急に渇いた感じがしただろう？」

「水分を吸収されたら、可畏達はどうなるんですか？」

潤は青いポリマーが充満していて見えないファームに目を凝らし、窓硝子に張りつく。

青い色は白い霧に呑み込まれるように薄まっていき、点在していた岩のシルエットが見えるようになった。しかし、それ以上に大きいはずの恐竜の姿は見えない。

「竜人が水分を細胞内に取り込んで恐竜化するのは知っているね？　本来なら一旦取り込んだ水分を長時間保持することが可能だが、爆弾によって拡散されたポリマーに触れると、本来の体液はそのままに、あとから加えた水分のみを吸収され、体外に排出されてしまうんだ。早い話が、恐竜の体を保てなくなる」

「あ……っ、あ……可畏！」

無精髭《ぶしょうひげ》を撫《な》でてファームを見下ろすクリスチャンの横で、潤はようやく恐竜の影を捉えた。見えたのは濃灰色の影だ。けれどもそれは、靄の中に浮かぶ恐竜の実体ではない。いつも彼らが背負っている、立体的なシルエットに過ぎなかった。

「人型に戻ってる！」

「二人の体から水蒸気が出ているだろう？」

それはなんとも不思議な光景だった。

全裸で地面に膝をついていた可畏とリアムの体からは、シュウシュウと湯気が立っている。青い超微粒子ポリマーは水を吸うことで無色化するようで、最初は濃かった青色が、彼らの周辺から徐々に透明に変わっていった。

「さて僕達も下に行こうか。とりあえず君を返さないとリアムの身が危ない」

「――返して、くれるんですか？」

「返さず仕切り直したいところだが、リアムがあんな自殺行為をするようでは無理だからね。いくら可畏を脅しても、雌がその気にならなければ交尾は成立しない。ああ、もちろん諦めたわけではないよ。あくまでも『とりあえず』だから、忘れないでくれ」

クリスチャンは板張りの床から金属の把手を引き上げ、非常用ハッチを開ける。

そこから落としたのは、軽量素材のいわゆる縄梯子《ばしご》だ。

この高さからそんな物で降りるのかと思うと……潤は解放の喜び半分、恐怖半分で、笑うに笑えなかった。しかしクリスチャンの気が変わらないうちに早く可畏の許に行きたくて、先を急いでハッチから片足を下ろす。

――うわ、水色の渦に呑み込まれるみたいだ……超、怖いんですけど……。

梯子に足をかけると、下から吹き上げる冷たい風に煽《あお》られる。

爆発当初の濃い青色はどこにもなく、今は水色になったポリマーと白い霧が充満していた。剝きだしの土の色が見え、まだ立ち上がれずにいる二人の姿も見て取れる。

「可畏……っ、大丈夫か!?　リアムも……！」

潤は不安定で恐ろしい縄梯子を降りながら、浅黒い筋肉の塊のような背中に声をかけた。

距離はだいぶあるが、周囲は静かなので聞こえるはずだ。それどころか木霊が起きて、より大きく声が響いた。

「──潤……」

極力急いで降りていった潤は、確かに可畏の声を聞く。

実際に耳で捉えた音ではなかったが、こちらを見上げた可畏の唇が動いた気がしたのだ。

いつも「潤」と呼ぶ時の形に動いた。

微妙な動きが見て取れる距離ではないが、それでもわかる。

可畏は力を振り絞って立ち上がると、縄梯子の末端に向かって歩きだした。

「可畏！」

早く、早く下に降りて可畏の胸に飛び込みたい──そんな想いで胸がいっぱいだった潤は、ぐらぐらと揺れる恐怖を振り払って先を急ぐ。可畏はリアムに咬まれて首から血を流しているうえに、強制的に人型に戻されて足下がおぼつかない状態だった。

「可畏！　今……今すぐ行くから！」

どうか無理をしないでくれ──そんな気持ちを籠《こ》めて叫んだ潤は、涙で視界を滲《にじ》ませる。

クリスチャンからは「とりあえず」と強調されたが、とにかくあともう少しだ。

可畏の許に戻ってヴェロキラや生餌と合流し、皆で日本に帰れる。

──あ……っ！

梯子を必死に降りていた潤は、視界の先で白い体が動いたことに気づいた。

霧の中で立ち上がったリアムが、血に濡《ぬ》れたストロベリーブロンドを掻《か》き上げている。

可畏とは対照的に真っ白な体は、どう見ても男の物だった。

背が高く、骨格も胸板も性器も、男として十分立派に見える。

雌雄同体だといわれてもそれらしさはまったく感じられず、強いていうなら、女性と見紛う美しい顔だけが、唯一説得力を持っていた。

「可畏……大丈夫か、首から血がっ」

「平気だ！　潤……来い！　早く！」

幾分遠い所にいるリアムを気にしながらも着々と縄梯子を降りた潤は、真下まで来た可畏と目を見合わせる。両手を広げた可畏は、潤が飛び降りるのを待っていた。

しかし潤には迷いがある。もう少し下に降りてからにしないと、受け止める可畏の傷に障る気がした。

「可畏……！」

あと十段分くらい降りたら……そう思ったにもかかわらず、我慢できなくなって縄梯子から手を離す。一瞬だったが、怖いくらいの浮遊感があった。

冴え渡る朝の空気に肌を撫でられ、下へ下へと落ちていく。

待ち受ける可畏の顔を見ていたはずが、気づけば目を閉じていた。

「潤……」

耳元で可畏の声がする。どさりと落ちた先にあったのは、頼もしい両腕だった。

瞼《まぶた》を上げると、目の前に期待通りの顔がある。クリスチャンとよく似ているが、髭はなく、若くてもっと険しい顔――ああ、でも……今は少し違う。険しいことは険しいが、今は滅多に見られない笑顔だ。至極控えめな笑い方だが、確かに笑っている。

「可畏、怪我……大丈夫か？　ごめん……嘘ついたり、心配かけて……」

安堵《あんど》の色がたっぷりと含まれた可畏の表情に、思わず涙が零れた。

やっぱり一緒にいなくちゃと思う。心からそう思う。

再び家族を人質に取られたら、その時はまた、やむを得ず可畏の許を去る選択をしてしまうかもしれないし、「何を犠牲にしてもお前を選んで絶対に離れない！」と、胸を張って誓えるほど割り切ることはできない。すべてを捨てるのはそれほどまでに難しい。でも……誰よりも可畏のことが好きで、大切で、命尽きるまで一緒にいたいこの気持ちは本物だ。

「ごめん、本当に……」

「お前が謝ることなんて何もねえだろ」

「謝りたくもなる。可畏が俺を守るためにしたことに比べたら、俺は可畏のために何もできてないのと同じだ。家族を捨てられなくて、お前を傷つける道を選んだ」

可畏は自らの手で母親と兄を殺した。状況によっては父親だって殺すだろう。

以前彼は、何もかも捨てて好きに生きることは許されない身だといっていた。

だからこそすべてを手に入れるといっていた。

可畏がいう「好きに生きる」とは、自分と一緒に、普通の人間のように暮らすことだ。

それが叶わない以上、可畏は竜人として絶対的な力を求める。

傷つくことも罪を背負うことも厭《いと》わず、大切なものを捨てることも、本当は捨てたいものを抱えて生きることもできるのだ。

「潤、俺は……」

可畏は潤の体を両手で力強く抱きながら、おもむろに口を開く。

珍しく切なげな顔で何かいいかけていたが、突然ハッと振り向いた。

縄梯子の上からは、「可畏！　逃げろ！」と、クリスチャンの声がする。

「うわ……っ、あ……！」

すべてがほぼ同時に発生し、クリスチャンの忠告は間に合わなかった。

何が起きたのかわからなかったのは、一瞬に近いごくわずかの間だけだ。

潤は可畏の両腕に抱かれたまま、瞬く間にクリスチャンより高い位置まで持ち上げられる。

空を飛んでいると認識した時にはもう、ロープウェイさえ下に見えた。

「リアム……ッ！」

「このカマ野郎が！　放せ！」

リアムがどこにいるのか把握するまで、潤には数秒の時間が必要になる。

猛烈な勢いで空に上がる恐怖で視線を動かせず、真っ先に目にしたのは可畏の背後に広がるティラノサウルス・プテロンの影だった。可畏に食い千切られた分、影の翼も欠けていたが、しかし確かに羽ばたく影だ。

「リアムッ、リアムやめてくれ！　下に戻ってくれ！」

人型のリアムは、可畏の背後にいた。

地上で後ろから急接近したあと、腰にしがみついて飛行したのだ。

可畏が両手を使っている隙をつき、潤を巻き添えにして一気に上昇した。

「リアム……頼むから降ろしてくれ！　ちゃんと話し合えば大丈夫だ！」

「潤、片手を放すぞ！　俺の首に両手を回せ！　しっかり摑まってろ！」

耳元で可畏に怒鳴られ、潤は指示通り彼の首に手を回す。

両手を肩甲骨に当ててしがみつくと、腰を右手で強く押さえられた。

「リアム！　空なら最強とか思ってんじゃねえだろうな、この似非《えせ》翼竜が！」

「──うあ、ぐあぁぁ……！」

「リアムッ⁉」

二人の間で何が起きているのか潤にはわからず、慌てて可畏の左手の行方を追う。

可畏は自分の腰に巻きつくリアムの左腕を、力いっぱい摑んでいた。

上空から一方的に振り落とされないためでもあるのだろうが、それだけではない。

可畏の手首や腕に走る血管はボコボコと膨らみ、凄《すさ》まじい勢いで大量の血を運んでいる。

傷口を開かず、皮膚から直接血液を吸い上げる時の現象だ。

「ぐ、う……うあぁ！」

「可畏、なんでリアムの血を⁉」

「特殊能力を持ってるのはコイツだけじゃねえ！」

「うあああ――ッ‼」

「リアムッ！」

可畏の腕の血管が一際大きく膨らみ、リアムもまた、一際大きく絶叫する。

急激に血を吸い上げられたリアムの顔は、通常では信じられない速度で青ざめていった。

薄桃色の唇は濃い紫色に変わり、目の下には隈《くま》が現れる。

何より、上昇スピードが明らかに落ちていた。

「可畏っ、もうやめてくれ！　そんなに吸ったら……」

「リアムッ、死にたくなければ降下しろ！　さもなくば殺す！」

「……死にたく、ないなんて……思うなら、暴君竜に咬みついたり……していません……」

潤は可畏の首に縋《すが》りながら、その肩越しに背中側のリアムと顔を見合わせる。

真っ青で、それでいてあまりにも美しい顔が間近にあった。本当にすぐ目の前だ。

可畏の背中から手を放せば触れられるほど近くに、刻一刻と青ざめていく顔がある。

「――ッ⁉」

リアムの表情を見続けていた潤は、突如異変に襲われた。

『愛している』――強烈にして切ない感情が、いきなり胸に届いたのだ。

動物や鳥や魚以外では、可畏の感情しか読み取れないはずだったが……これは可畏が発しているものではないことがすぐにわかった。

可畏の愛情はいつも自分に向かってくるが、今のはもっと遠い所に向いている。

それに可畏が燃やす縋りつくような愛情とは違って、悲愴《ひそう》感が強かった。

叶わぬ愛のような、悲しい諦念《ていねん》が纏《まと》わりついている。

――リアムの感情？　可畏以外の竜人の心を読むなんて、初めてだ。なんでこんな……っ、可畏の血族だから……か？　俺の体に流れる可畏の血と、同じ血を持ってるから？

リアムの感情を読んだことをほぼ確信した潤だったが、彼の愛について考えるほどの余裕はなかった。リアムが愛情を向ける相手がクリスチャンであることくらいはわかるが、その愛が何故こんなにも悲愴感漂うのか、それについて思い巡らせることはできない。

「私を殺せばいい……貴方を殺して、クリスに恨まれるのは嫌だ」

リアムは青紫色の唇を開き、可畏に向かっていった。

ここは雲しか存在しない上空で、最早山脈の影すら見えない。

空を飛べない竜人と人間をこんな所まで連れてきておきながら、殺す気はないようなことをいうのは矛盾しているが、潤の頭の中にはクリスチャンが口にした言葉が響いていた。

自殺行為——彼は確かにそういっていたのだ。

恐竜化して可畏と戦っても敵《かな》わないことも、人型の可畏には優れた吸血能力があることも、リアムは全部知ったうえでこの状況を選んでいる。

「リアムッ、こんな命懸けで反抗するなら、雌として生きるのは嫌だって、どうしてちゃんといわなかったんだ⁉　これまでずっと男として生きてきたのに、急に子供産めっていわれても無理だって、オジサンにハッキリいうべきだ！　オジサンのこと……父親として愛してるのはわかるけど、だからって我慢することないだろ⁉」

呼吸をするのも苦しくなる上空で、潤は必死に叫ぶ。

至近距離にあるリアムの顔は、さながら死人のそれのようだった。

青白いだけではなく、どこか安らかに見える微笑を浮かべている。

「男として親になるつもりだったのに、急に雌化して……最初は戸惑いました。君のいう通り嫌だと思ったんです。……でも、それは最初のうちだけでした」

「——え？」

「クリスが喜んでくれるなら、雌でもいいと思いました。そもそも彼が作ろうとしていたのは雌のキメラ恐竜で……雌雄同体のうえに雄寄りの私は、失敗作でしたから。それでも彼は私を大切にしてくれましたが、私は彼にとって……もっと価値のある者になりたかった」

こうしている間も可畏はリアムの血を吸い上げ、リアムは負けじと上昇し続けていた。

可畏の右手に力が籠もったのを感じた潤は、限界が近づいているのを察する。

裸の可畏と密着していても、皮膚が凍りつきそうなほど寒かった。

酸素濃度が低く、命の危険が迫っているのがわかる。

可畏には緩やかに降下する術《すべ》はなく、ここでリアムを殺せば急降下は免れない。

殺すわけにはいかないが、しかし殺さなければ地上に降りられないという状況だ。

死ぬ気のリアムを脅すことは無意味であり、可畏はもう、「降りろ！」としかいえない。

「私が雌化したことで、クリスは大喜びで……私も幸せだった。『君の子が欲しい』と、『翼のある暴君竜を産んでくれ』といわれて、私は愚かな勘違いを……」

リアムの瞳から涙が零れ、空に散る。

潤は息が苦しくて何もいえず、可畏も何もいわなかった。

もしも酸素が十分にあっても、何もいえなかったかもしれない。

「……殺してください、暴君竜……この状況なら、貴方は誰にも責められない」

ラズベリーピンクの瞳から涙粒を滴らせたリアムは、「この真下は深い湖です」と、可畏に向かって告げた。

それがどういう意味か、何をいいたいのか、潤にはよくわかる。

――可畏……駄目だ！　リアムを殺しても俺達は助かるかもしれないけど、でも絶対駄目だ。

そんな悲しいのは、絶対に……駄目だ……！

首を絞められているかのように苦しくて、言葉にならない。

酸欠で頭がくらくらしたが、可畏とリアムを止めたい気持ちだけは強くあった。

あのクリスチャンにリアムの言葉が届くかどうか……実際に話してみないとわからないが、まずはきちんと想いを伝えるべきだ。

こんなふうに我慢して抑えて、彼のいいなりになって、結局無理だったからと、命を絶って終わらせてはいけない。

「ああ、望み通り死なせてやるよ。お前らがどうなろうと興味ねえが、このままじゃ潤の体が持たねえからな」

可畏の言葉が耳に届いた時、潤の意識は薄れかけていた。

駄目だ……駄目だ……と心の中で訴えるばかりで、声が出ない。

リアムの呻《うめ》き声が聞こえてきて、可畏が彼の血を一気に吸い上げたのがわかった。

しかし目を開けていられず、可畏の首にしがみついていることすらできない。

ふと、糸が切れたように体が浮いた。上昇していく時とは違う浮遊感だ。

落ちている――それも凄絶な勢いの急降下で、まるで抗えない。

落下の感覚を味わいながらも、しかし何故か怖くはなかった。

可畏の右腕に抱かれていたはずの体は、いつの間にか両腕でしっかりと抱かれている。

頭の位置が変わり、胸の中心に押し当てられた。

まるでボールを抱きかかえるように頭部を抱かれて守られる。

可畏が両手を使っているということは、彼の腰元にいたリアムの体が離れたということなのかもしれないが、今の潤に確認する術はなかった。

――水が……湖が見える……。

気を失う寸前、潤は広大な水面を目にする。

本当は見えていないのかもしれない。イメージしただけの可能性もある。

しかし脳裏にある湖は美しく、澄み切った青だった。可畏と、自分と、そしてリアムと……これからも生きるべき若い命を迎え入れ、柔らかく包んでくれる気がした。

《十二》

潤を抱えながら湖に落ちた時の衝撃は、それが水であることを感じさせないものだった。

コンクリートの上に落ちるのと、いったい何が違うのかわからないほどの痛みに襲われる。

体がバラバラに千切れた感覚だったが、それでも確かに水は水で……激痛の中で水底を目にするなり我に返った。自分は生きている。四肢は健在で、腕の中には潤がいる。

酸欠で意識はないが、水面に直撃させてはいない。間違いなく生きているはずだ。

――潤……待ってろ、すぐに酸素を……！

落下の衝撃で意識が遠退きかけた可畏だったが、状況を認識するなり光を追う。

水の中で長いブロンドが揺れているのを目にしても、迷うことはなかった。

リアムに構っている暇はない。果たして致死量まで血を吸ってしまったか、瀕死程度で止められたか、リアムの血を吸い上げた張本人である可畏自身にも判断がつかなかったが、あとはもう、本人の気力と体力次第だ。死にたい奴は勝手に死ねとすら思う。

――潤には、助けてやれとかいわれそうだけどな……。

今の正直な気持ちをいえば、リアムを殺したいとは思っていない。実父が自分以外の男児を可愛がる様を見て、面白くないと感じたことはあったが、それはあくまでも幼い頃の話だ。

ましてやリアムが雌化してクリスチャンの子を産む気があるなら、邪険にする理由はない。

四十路《よそじ》に迫るクリスチャンの子種は最良の状態ではないが、リアムとは血が近く、暴君竜が産まれる可能性もわずかながらに残されている。

飛行可能な暴君竜でも産まれれば、クリスチャンの意識はその子供に向くだろう。

それにより、自分への執着が薄れればいいと思う。

何より潤の身の安全のために、これ以上クリスチャンに構われたくなかった。

「可畏！　ああよかった、無事だったか！　リアムは⁉」

潤を抱えて湖から上がると、ティラノサウルス・レックスのシルエットが遠くに見える。

巨大な影を背負ったクリスチャンは、滑り込むように水辺まで駆けてきた。

可畏は全裸で芝生に上がり、ぐっしょりと濡れた制服姿の潤を寝かせる。

顔色が悪かったが、息はあった。胸を押さえると心音も感じられる。

「可畏！　潤くんは僕が見ている！　リアムを助けてくれ！」

「ふざけんな！　テメェのオンナはテメェで守れ！」

可畏は即行で拒否し、潤を奪われないよう抱き寄せた。

冷えてしまった体を温めるために、密着しながら全身を摩《さす》る。

クリスチャンは可畏の発言の意味がわからない様子だったが、しかし即座に白衣を脱いだ。まだ揺れる水面に向かって一気に走り、なかなかに綺麗なフォームで飛び込む。

同時に、ティラノサウルス・レックスの影も水中に消えていった。

リアムを恋愛対象とも繁殖相手とも思っていないクリスチャンが、これからどうするのかはわからない。必要以上に従順で、いいたいことをいえずに思い詰めるリアムが、いわゆる研究馬鹿のクリスチャンの懐に入り込めるかどうかもわからない。

自分にとっては他人事だが、それでも可畏は、背後から感じる気配に安堵の息をついた。

水底から、わずかだが伝わってくるものがある。

クリスチャンのものではなく、リアムの気配……その身に流れる血をたっぷりと吸い取ったせいなのか、体が共鳴するようにリアムの生を感じた。

「……潤、大丈夫か?」

見つめ続けた瞼が震え、飴《あめ》色の睫毛《まつげ》が持ち上がる。

恐る恐る目を開けた潤は、視線が合うなり微笑《ほほえ》んだ。

まだ朦朧《もうろう》としながらも、自らぎゅっと抱きついてくる。

「可畏……」と呼ぶ声は掠《かす》れていたが、手指の力は普段以上に強かった。

ぎゅうぎゅうと、首が絞まって痛いくらい必死に縋ってくる。

「——潤……」

クリスチャンに対して、テメェのオンナはテメェで守れといい放ったが、それはそのまま、自分への戒めでもあった。

ようやく取り戻した大切な命――世界中のどんなものよりも価値があり、決して他の何かと交換することのできないたった一つの存在が、今こうして手の中にある。

しかし己の力で守り抜いたなどとは、罷《まか》り間違ってもいえない。

いつ殺されても不思議ではない危険な状況に潤の身を置いてしまったのは、自分自身だ。

ほんの少し何かが違っていたら、今頃は冷たい軀《むくろ》を抱いていたかもしれない。

冷え切っても摩れば熱を取り戻す体を抱き締めていられるのは、奇跡のような幸運であり、これから先も続くとは限らないものだ。くれぐれも慎重に守り抜かなければならない。

「こんな目に遭わせて悪かった。俺が油断していたせいだ」

「そんなこと……可畏は悪くない」

さらに強く抱きついてきた潤の体は、酷く震えていた。

上空に行ったことと、湖に落ちて濡れたせいもあるのだろうが、それだけではない。

今になって襲ってくる恐怖に打ち震えながらも、それでも相変わらず寛容に、許しと取れる言葉をくれる。

「これからは、俺が常に一緒にいる。クリスチャンの動向とは関係なく、今後お前の家族には護衛をつける」

「うん……」

「お前が鬱陶《うっとう》しがるくらい、いつもそばにいる」

愛している……お前を、お前だけを、どうしようもなく愛している。生きて再び戻ってきてくれて、本当にありがとう。お前を、もっともっと大切にする。必ず守る――そんな気持ちを籠めて「潤……」と名前を呼ぶと、しなやかな体がぴくりと動いた。

「――可畏」

潤は少しだけ手の力を緩め、顔を首ごと引く。

体重を預けながらも、じいっと、生気に満ちた目で見上げてきた。

先程までは朦朧としていたが、今は完全に正気の目だ。

琥珀《こはく》の瞳がきらきらと光っている。

「それ、全部……言葉でいってほしかったな」

ぽつりと呟いた潤と視線を繋げたまま、可畏は思わず眉を寄せた。

最初は何をいっているのかわからなかったが、潤の悪戯《いたずら》っぽい笑顔を見ているうちに何事か気づく。そうだった……それはいつも不意打ちで、潤自身にも制御できない力らしいが、それなりの頻度で起きるのだ。胸の内に滾《たぎ》る感情をそのまま読み取られたのかと思うと、カーッと顔が熱くなってたまらなかった。

「――ありがとう」

潤は笑って、熱を帯びた頬に触れてくる。

何に礼をいっているのかよくわからなかったが、生きて抱き合っていられるこの瞬間に、心から感謝したい自分の気持ちと同じなのかもしれないと思うと、甚《いた》く嬉しかった。

失ってから気づくのでは遅いから、いつも、この幸福を忘れてはいけない。

如何《いか》なる敵が現れても守れるように、強くならなくてはいけない——。

「……ん、ぅ……」

「——ッ、ゥ……」

口づけると、潤は夢中で吸いついてきた。

意外なほど強く求めてきて、涙で頬を濡らす。

可畏は潤と口づけを交わしながら、クリスチャンが湖から上がる音と、リアムの名を必死に呼ぶ声を聞いた。二人分の呼吸音が、離れた水辺から辛うじて届く。

南の方角からは、ヴェロキラや生餌達の足音が聞こえてきた。

待っていろといったはずなのに、我慢できなくなったらしい。

命令を守らない部下は使えないが、今は潤の着替えがほしかった。

彼らに預けた制服に着替えさせ、安心できる合皮の靴を履かせてやろう。

そして全員揃って、竜泉《りゅうせん》学院へ——。今はまだ小さな、自分の王国に帰りたい。

《十三》

可畏の血を輸血されたことで希有《けう》な治癒能力を得ていた潤は、酸欠と低体温症からも比較的早く回復することができた。とはいえ移動中は調子が悪く、オアフ島のラニカイビーチにある可畏の別荘に到着してからも、しばらくは起き上がることすらできなかった。

一方可畏も、体調を崩して同じ頃まで潤の隣で寝込んでいた。

養分として相応《ふさわ》しくない肉食竜人の血を吸い過ぎたせいで、拒絶反応を起こしたのだ。皮膚から吸収して一旦胃に流し込ませたリアムの血を大量に吐き戻し、悪寒や発熱、頭痛に見舞われる始末だった。

二人が別荘で休んでいる間、ヴェロキラは潤のために温めたスポーツドリンクを用意したり、偽造パスポートによる潤の不法入国を揉《も》み消すために奔走したりと、忙しく過ごしていた。

生餌の九人は可畏に良質な草食竜人の血液を提供しつつ、許しを得て買い物に出かけ、短いバカンスをそれなりに楽しんできたらしい。日本人に人気のショップで、十五人分のお揃いのTシャツとビーチサンダルと水着を買って帰ってきた。

夜になると潤も可畏も完全に回復し、ヴェロキラを除いた十一人で、ベジタリアン御用達のレストランで豆と野菜ばかりの食事を摂った。

そこは可畏にとって居心地のよい場所ではないはずだが、ガーディアン・アイランドの湖の畔《ほとり》で宣言していた通り、可畏はもう、潤のそばを離れる気がないのだ。

「夜のビーチっていいな。ハワイに来たんだなーって感じ。今頃やっと実感してきた」

日付が変わる頃になってようやく可畏と二人になり、潤は海に向かって思い切り伸びをする。

ラニカイビーチに建ち並ぶ邸宅の前は、事実上プライベートビーチも同然だった。

全米で最も美しいビーチとして名高いにもかかわらず、ここに家を持っていないビジターにとっては不便な場所なので、夜は静まり返っている。

「しばらく滞在してもいいんだぞ」

「うん……それもありだと思うんだけど、やっぱり不法滞在だと落ち着かないし、ここに来るまでの経緯が問題だらけだったんで早く帰りたいかな。なんたってほら、いきなり荷物纏めて実家に帰って、理由とか曖昧なまま引き籠もってたからさ。母親も妹も、俺が可畏と喧嘩して寮を飛びだして、勝手に拗《す》ねてると思ったみたいで」

「弁解に行くか？　お前の家に」

潤は白い砂浜を歩きながら、隣を行く可畏の横顔を見上げた。

浅黒い肌と彫りの深い顔のせいか、常夏の島のビーチがとてもよく似合う。

潤には自分がゲイだという認識はなく、男に愛される立場に酔う気もなかったが、ハワイにいる開放感も手伝って、誰彼構わず「この人は俺の彼氏だよ」と、自慢したい気分だった。

ごく普通のTシャツとハーフパンツ姿なのに、砂浜を歩く可畏があまりにも恰好よくて……手を繋いで歩きたくなる。

「弁解っていうか、またうちに来て。……で、やっぱちゃんといおう」

「何を、どういうんだ？」

「付き合ってるって、ちゃんという。それでさ、可畏は凄い御曹司《おんぞうし》だし……怖い親戚とか商売敵とかもいて、俺や俺の家族に何かあったら心配してるってことにしてさ。ボディーガードをつけるってこと、承諾させたいんだ」

「密《ひそ》かにつけるのは嫌だってことか？」

「うん、一時的ならともかく……これからずっとそうするとなったら、さすがにバレるから。ストーカーだと思うかもしれないし、怖がるだろ？」

「そうか、それもそうだな」

「女の勘は侮れないし」

母親と妹に護衛をつけるといわれてから、潤はカミングアウトについて考えていた。

ただ付き合うだけなら問題ないだろうが、家族にまで危険が及ぶ可能性があると知ったら、さすがに反対されるかもしれない。どう考えても普通ではない、反対されて然るべき交際だ。

しかし何をいわれても押し通すしかなかった。

竜人の可畏と付き合う以上、これから先も危険は付き物だ。クリスチャンが諦めても、また別の妙な輩《やから》が現れたらと思うと、家族が心配なのは事実で……そうかといって、潤には可畏と別れるという選択肢は存在しない。

「そんな危険な奴とは付き合うなって、猛反対されんじゃねえか？」

「……そう思う？」

「人間の親はそんなもんだろ」

「どういう反応するか、俺にもよくわからないんだ。妹は……俺がいうのもなんだけど、まあそれなりに可愛いと思うし、電車の中で痴漢に遭ったりするみたいなんだよな。母親も、以前職場で変な男にいい寄られて、ストーカー被害寸前までいったことがあって。そもそも女ってボディーガードとかつくの憧れるもんだと思うし、念のためって感じならむしろ喜ぶかなとか、それも長く続くとやっぱストレスなのかなとか……色々推測はできるんだけど、実際にどんな反応されるかは、話してみないとわからない」

波打ち際まで来てから、潤はおもむろに可畏の手を見る。

歩いている間中わずかに揺れていた左手に指を絡め、強めに握った。

生餌が買ってきたビーチサンダルで、辛うじて濡れない位置まで進み、背の高い可畏の顔を見上げる。

「けど俺、勘当されても可畏といるから」

「——潤……」

「家族の命と、お前と別れること……どっちか選べっていわれて家族を選んだけど……それは命に係わるからで、お前と別れることと親に勘当されることだったら、もう全然迷わずお前と一緒にいる方を選ぶ。……でも、ごめんな。ロープウェイから降りた時もいったけど、可畏が俺のためにしたことに比べたら、大したことできてなくて」

潤は自分の胸の内を語りながら、足りないな——とつくづく思う。

可畏が捨てたもの、背負ったもの、犯した罪も何もかも……自分と比べたら本当に重くて、すべてに於いて及ばないことを思い知るばかりだった。

可畏を好きだと思う気持ちは確かにあるのに……物凄く、とてもとても彼を好きだと思っているのに、証明し切れない。なんだかもどかしくなってしまう。

「そういえば、あの時いいかけたことがあった」

「……あ、うん。気になってた」

本当に気になっていたので、潤は「聞かせてくれ」と目で訴える。

リアムに空まで連れていかれたせいで、途切れた言葉……あの時、可畏は珍しいほど切ない顔をして、何かを伝えようとしていた。ただし、同じことを聞かせてくれそうな流れにもかかわらず、今の表情からは切なさが感じられない。

むしろ当たり前のことを口にする時の顔をしていた。

威風堂々、暴君竜の彼らしく、自信に満ちた表情だ。

「俺は、お前に惚れてる。お前が俺をどう思っているかは関係なく、俺が惚れてるんだ」

「可畏……」

「お前が俺と同じことをする必要はない。思い通りにならなくてもいい。お前は俺のそばで、お前らしく生きていれば——それでいいんだ」

繋いでいた手はそのままに、右手で頬に触れられる。唇が迫りつつあった。

かつては自分を攫い、凌辱《りょうじょく》し、家族を人質にして転校させたり、殴ったり、挙げ句の果てに殺そうとしたり……可畏は、クリスチャンやリアムよりも酷いことを、たくさんしてきた。

それでも今は、大切な物として触れてくれる。眼差しは熱っぽく、真剣だ。

「……そ、そんな……ストレートに……」

向けられた言葉が嬉しくて、静かな波音が優しくて……ぽろぽろと涙が零れてしまった。

その時々の判断で、人間としてありのままにしか生きられない自分を、受け入れてもらえることが嬉しい。とても嬉しいのに、本当は凄く悔しい。

誰かを見捨てたり、殺したり、そんな過激な行為で証明することはできないけれど、自分の中にも愛はある。可畏に対する愛が、みっちりたっぷり詰まっている。それは可畏が想像しているよりも遥かに熱いものだから——それを見せたい。可畏に全部伝えたい。

「こっち、来てくれ……戻ろう、コテージに……！」

「――潤……!?」

可畏にキスもさせずに踵《きびす》を返した潤は、波で均《なら》された砂浜を駆ける。

繋いだ手をぐいぐい引いて、キャンドルライトが灯るコテージに向かった。

テラスに続く高めの目隠し戸は開いたままになっていて、飛び込むとジャグジーがある。

さらに先は寝室で、大きな硝子窓も開放してあった。

潤は後ろ手にテラスの戸を閉め、可畏の手を引っ張りながら寝室に戻る。

室内にはプルメリアの香りが漂っていた。生花の香りと、プルメリアのキャンドルの香りが混ざり合っている。海から流れる風に程よく薄められ、気分が上がる甘さだった。

ベッドはダブルが二つある。シーツは生成りのオーガニックコットンだ。

つい先程まではぐったり寝て休むだけの空間だったが、今は違う。

潤は窓に近い方のベッドに可畏を座らせ、その目の前でTシャツを脱いだ。

可畏に対する気持ちを雄弁に語る体を晒《さら》すべく、ハーフパンツも下着も下ろす。

いまさら涙を拭《ぬぐ》い、クリアになった目で可畏を捉えた。

「これがお前の答えか？」

「……うん、発情した……っ」

可畏とそういうことをするんだと思うだけで、触れられてもいないのに胸が疼《うず》く。

黒い瞳で見つめられると、乳首を針でチクチクと刺激されている錯覚に陥った。

白い肌ごと引っ張るように、ぷっくりと腫れ上がっていくのがわかる。

同時に脚の間にある物が熱を帯び、顕著に硬くなっていった。

変化する様を見せるのは、本当はとても恥ずかしい。

「――顔が真っ赤だぞ」

「は、恥ずかしくて……いや、なんていうか……好きなら、こうなって当然だし、恥ずかしいことじゃないんだろうけど、あー……やっぱ独りで盛り上がるのは、恥ずかしい、かな」

「普段の俺の気持ちがわかったか？」

「え、何それ!?　凄い心外……独りで盛り上がらせたことなんてないしっ」

即座に否定した潤の態度に可畏は笑って、ベッドに座ったままTシャツを脱ぐ。

腰に触れてきたかと思うと、心音を聴くように胸の中心に顔を寄せてきた。

「可畏……ぁ……」

舐《な》められることを期待してますます尖《とが》った乳首の疼きに、潤は肩と腰を弾けさせる。

そうしていると性器もより昂《たかぶ》って、とうとう腹についてしまった。

可畏の顔に隠れて下腹が見えないが、先走りが漏れているのがわかる。

熱く火照《ほて》る肌が、生温かい汁で濡れた。臍《へそ》の辺りまで、とろりと伝うほどの量だ。

「お前を抱いてると、世界を手に入れた気分になる」

「──大袈裟《おおげさ》……だって」

「お前がお前でよかった」

「わけわかんないってば」

ようやく乳首を吸われた潤は、可畏の頭を掻き抱く。

黒髪を梳《す》きつつ耳を撫でると、猛獣を手懐けたような充足感を得られた。

ちうっと自分の胸を吸う同い年の大柄な男を、可愛いと思い、愛しいとも思う。

恐竜になれなくても、子孫を残せなくても、自分は可畏を支えられると信じていられる。

クリスチャンやリアムと何も話さずに別れたので、クリスチャンが可畏のことを諦めたのか、リアムが今後どうする気なのか知らないが、もしまた何かしてきても何をいってきても、身を引く気なんて微塵《みじん》もなかった。

「……ん、う、ぁ……あ……っ」

尖り過ぎた乳首を前歯で齧られ、腰がぶるっと震えてしまう。

体が傷つくような無茶をされたわけではないが、引っ張られた乳嘴《にゅうし》が悲鳴を上げた。

薄桃色の小さな肉に純白の歯列が食い込んで、じんじん痛む。けれどもその痛みはすぐに、快感以外の何物でもないものに変わっていった。

「あ、あぁ……可畏……」

奮い立つ性器の先端を指で撫でられ、とろみを奪われる。

濡れた可畏の手は背中側に回され、尻の谷間に到達した。

潤は片足をベッドマットに乗せることで、自ら窄《すぼ》まりを拡げる。

慎ましく閉じた小さな所に、とろみを運ぶ指先がぴとりと触れた。

「う……あ、あぁ……！」

真っ赤に腫れた乳首を解放されるや否や、もう片方を吸われる。

片足で床に立っていた潤の体はぐらつき、その隙をついて後孔に指を挿入された。

「ん、うぅ……っ！」

この孔が性器ではないなんて、自分でも信じられない気持ちになる。

先走りのぬめりが指に付着していたとはいえ、可畏の太い指を実に上手く呑み込み、確実に奥へ奥へと迎え入れていた。そのうえなんともいえないいくらい気持ちがいいのだ。可畏の指がたった一本中に入っているというだけで、激しく動かされなくても気持ちがいい。

「相変わらず大した名器だな」

「──う……ぅ」

乳首を執拗に吸っていた可畏が、上目遣いで笑う。

男としては否定したいような……しかし可畏への愛情表現としてはこのままでよくて、潤は曖昧な顔をしながら後孔の力を抜いた。中に入りたがって縁の周りをうろついている二本目の指のために、括約筋を緩める。意図して綻《ほころ》ばせた肉孔に、次の指を誘い込んだ。

「は、ふ……あぁ……っ」

潤は可畏の頭をしっかりと抱き寄せ、自分の乳首を深く食《は》ませる。

「――ン、ゥ……」

歯列を当てられたり吸われたり、舌で乳嘴を押し潰されたり――可畏に与えられるすべての刺激が気持ちよくて、独りで達してしまいそうだった。

慌てて片手を股間《こかん》に持っていき、下腹を打つ屹立《きつりつ》の先を指で押さえる。

「く、う……う、ぁ……可畏……」

体内の指は三本に増えていたが、前立腺を巧妙に避けられているのがわかった。

あと少しの所で指を引かれるのは、お互いに最高の状態で繋がるためだ。

一度も達することなく一つになると、至上の極楽を味わえる。

――いっぱい……色々、してあげたいのに……先にイキそう……。

可畏の髪に顎を埋めながら、潤は自らの性器の先をさらに強く圧迫した。

すると突然、後孔からズルンッと指を抜き取られる。

「うあ……！」

驚く間もなく、気づいた時には天井を見ていた。ベッドの上に押し倒され、仰向《あおむ》けにされている。夢中で乳首を吸っていたはずの可畏の顔が、すぐ目の前まで迫ってきた。

覆い被さって視界を遮り、まるで獲物を食らう獣の如く両腕を押さえつけてくる。

「あ……か、可畏……ちょっと、待ってくれ」

「——どうした？」

「今夜は、俺が色々……してあげたくて」

「いつもしてるだろうが」

「いつもよりもっと、したいっていうか……お前の体に、エロいこと、いっぱいしたい」

「それは俺の台詞《せりふ》だ」

「……ぅ、ん」

左右の手首を枕の両脇に縫い止められた潤は、唇を塞がれて何もいえなくなる。

両手はびくともせず、動かせるのは両足と舌くらいのものだった。

いつもやっていることとはいえ、今夜は特に念入りに、口で……屹立はもちろん袋の方までねっとり舐めたり吸ったり、騎乗位で激しく動いたり、体力の限界まで頑張ろう——と思っていたのに、万歳状態で組み敷かれたら何もできない。

「う、ん……く、ふ……っ」

「——ッ、ン……」

このまま食べられるかと思うようなキスをされ、潤は負けじと対抗した。

前戯や騎乗位で愛情を表現するのが難しくなったため、熱烈なキスを返す。

可畏の肉感的な唇にむしゃぶりついて、歯列を舌先でなぞり、舌を激しく吸った。

枕に後頭部が埋まり込むほど重たいキスに、乳首の痛痒《いたがゆ》い疼きが酷くなる。すでに綻んでいる後孔からは、押し込まれた自分の蜜がとろりと溢れた。口内に流れ込む唾液を、実は媚薬《びやく》か何かではないかと疑いたくなる。飲み干すと性器に芯が通って、結局いくらか飛沫《しぶ》いてしまった。

「ん、う……ふ、は……」

「――ッ、ゥ……ン……」

動かせる所は動かそうとした潤は、両方の膝を曲げて爪先を浮かせる。可畏のハーフパンツのポケットに足の指を引っかけて、ぐぐっと引き下ろした。ベルトをしていないパンツのウエスト部分が、盛り上がった可畏の臀部《でんぶ》を乗り越える。

恋愛感情を抜きにしても、同性としていつも恰好いいと思ってしまう筋肉質な臀部を、潤は左右の足指でそろりと撫でた。可畏がハーフパンツの下に穿《は》いていた下着越しに、硬めの尻の弾力と温度を、足で存分に堪能する。

「おい、何やってんだ」

「……触りたいのに、触らせてくれないから」

潤は頭の横で囚われている手を、「これを放せよ」といわんばかりにグーパーと結んで開き、唾液に濡れた唇を舐める。そうしながらも足の爪先を絶えず動かして、可畏の下着のウエストゴムを、親指と他の指で挟んだ。

下手をすると足が攣《つ》りそうだったが、元々柔軟性には自信がある。

可畏の下着を器用に摘まんで浅黒い山を越えさせ、見事な尻を剝いていった。

「足癖の悪い奴だな」

「……ん、攣りそうだから、そろそろ……手ぇ使わして」

潤は自分の悪戯に笑いつつも、甘い吐息を漏らす。

足癖の悪いことをしていたせいで、弄《いじ》られた後孔が一層解れていた。

溢れた蜜がシーツに染み込み、腰の辺りが少し冷たい。

先程触ってもらえなかった前立腺が、キュンと切なく収縮していた。

最早我慢の限界だ。窄まりを再度拡げられて、熱い物で奥をガツガツ突かれたくなる。

「可畏……早く……っ」

潤は可畏の耳元に囁きながら、足先で彼のハーフパンツと下着を膝まで下げた。

そのあとは可畏自身が脱いで、ようやく二人で全裸になる。

「——あ……凄い、イイ手触り」

解放された手を可畏の尻に伸ばした潤は、すぐさま憧れの膨らみを掌で包んだ。

水泳で鍛え上げられた完璧な双丘を大きく摑んで、強めに摩って揉みしだく。

「妙な遊びに目覚めるなよ」

「う、ん……大丈夫、可畏の尻を狙ったりはしないから」

「当たり前だ。ふざけたことといってると犯すぞ」

可畏は眉をひくつかせながらも口元で笑い、潤の膝を裏から掬《すく》い上げるようにして開く。

シーツから腰を浮かされた潤は、愛しい感触を失った両手を自分の尻に持っていった。

手応えのない小さな尻を背中側から十指で摑み、ぐわりと左右に広げる。

一日可畏と見つめ合ってから、後孔の中まで開いて見せた。

「――犯して……」

はしたない恰好で強請《ねだ》ると、可畏は一瞬動きを止める。

けれどもそれは本当に一瞬のことで、すぐさま目の色を変えてむしゃぶりついてきた。

「んん……っ、あ……は……！」

「……ッ、ン……！」

がぶりと、感じやすい孔に食らいつかれる。唇が触れ、上下の歯列も強く当たった。

猛り狂った雄を今すぐ挿入してくれて構わないのに、まずは舌を挿入される。

厚めの舌が疼く媚肉を抉《こ》じ開けて、体内でヌルヌルと暴れ回った。

「ああ……んぅ……！」

後孔の周囲には、可畏の歯型がくっきりとついていることだろう。

歯を立てながら舌を出し入れした可畏は、こらえ切れない様子で腰を上げていく。

潤は自分の尻肉を摑んで広げながら、真っ白な太腿の間にいる可畏と視線を交わした。

目が合うと、触れられていない性器が反応する。半透明の雫《しずく》が胸に散った。自分の物とは思えないほど赤く腫れてピーンと伸び切った乳首に、その雫がピシャピシャと降り注ぐ。どんなに我慢しても飛沫いてしまう、快楽の証だ。

「可畏……っ、もう……して……」

潤が強請るまでもなく、可畏は顔を引いて己の雄に手を添えていた。

それ自体が一つの生命体の如く隆々と反り返り、躍動感のある血管がこれでもかとばかりに張り巡らされている。

浅黒くて、根元も茎も肉笠も立派で、すべてがどっしりとした威圧的な性器だ。

可畏と出会う前の自分だったら怯《ひる》んでいたはずだが、今は手や口で可愛がってあげたくなるくらい、愛しくて大切な存在だ。凶器めいた形と大きさなのに、先端に開いた肉の口は、いつ見てもキスしたいほど愛くるしい。滅多に愛情を口にしない可畏の本音を、毎日熱っぽく語り聞かせてくれる正直な口だ。

「ん、う……あ、あ――っ！」

「――ッ……！」

ずぶずぶと著大な塊が入ってきて、潤は尻肉を摑んだまま悲鳴を上げた。

直前には生唾を飲んだのに、実際に迎えると加圧が凄い。

壊れるとか、痛いとか、いいそうになって歯を食い縛った。

今の可畏は優しくて、痛がると動きを緩めてしまうからだ。

「……可畏……っ、いい……もっと……！」

嘘は一つもなかった。本当は少し痛くて苦しいけれど、気持ちがいいのは嘘じゃない。

乱暴されれば優しくされたいと思うのに、あまり優しいと激しくされたくなった。

あくまでも愛情と信頼があっての話だが、滅茶苦茶にされるのもわりと好きだ。

「潤……ッ！」

「あ、ぁ……可畏……そこ、いい……！」

内臓を引っ張りだされるかと思うほど、可畏の肉笠が内壁に引っかかっていた。

摩擦もまだ強く、腰を引かれると背筋に震えが走る。抜けてしまうギリギリの所まで引いて、体重を乗せてズンッと戻ってくる瞬間が最高だった。それこそ腰骨が軋みそうなくらい重たく苦しいのに、意識はふわりと天に舞いそうになる。

「は、あ……あぁ……」

「潤……ッ、ゥ……！」

完全にペニスを抜き取られ、ぽっかり開いた肉孔を抉じ開けられるのも、凄《すさ》まじくいい。

窄まりが閉じる寸前に硬い物をねじ込まれて、前立腺を押し解されながら何度も突かれる。

重厚なはずのベッドが軋み、マットも揺れて、可畏に抱え上げられた潤の体は振り子の如く揺さぶられた。

「ふ、あ……あ――ッ!!」

自分が達したことに気づいたのは、首や顎の裏側が濡れたあとだった。

普段は溶けて柔らかくなったジェルのような精を放つが、今は違う。

白濁した塊を孕んだ濃密な体液が、肌の上に纏わりついた。

恥ずかしいほど青臭いが、そうなるのも当然だ。

一週間近くも可畏に抱かれず……実家では監視カメラが気になって、可畏の愛撫を思いだしながらも独りですることはできなかった。

「……あ、あ……う、ぁ……！」

達している最中も容赦なく突かれ、潤は涙と精液を迸《ほとばし》らせながら悶《もだ》える。

一日全部出し切ったと思っていた性器から、さらにドプッと濃い物が飛びだした。

「ん、う……ぅ」

四肢に力が入らず、摑んでいた自分の尻を放す。

可畏の抽挿を受ける体は絶えず揺り返し、膝から下が宙を泳いだ。

海底のクラゲにでもなった気分だ。ゆらゆらぐらぐら、どこにも力を入れられない。

「可畏……ごめん、独りで……達《い》っちゃった」

「ごめんじゃ済まない。また躾《しつ》け直さねえとな」

「え……やだ、怖過ぎ。俺……何されちゃうわけ?」

「期待に目ぇ輝かして、怖過ぎとかいってんじゃねえぞ」

「あ、ふ……ぅ」

可畏の手で上体ごと抱き上げられた潤は、繋がったまま可畏の首に縋る。

甘く唇を交わしてから仰《の》け反《ぞ》ると、顎の裏側に付着した精液を舐め取られた。

可畏の唇や舌が、肌の表面に強く当たる。それが心地好くて、つい腰を揺すってしまった。

「凄えな、孔の奥がうねりまくって……手コキ並みに扱いてくる」

「手コキとか、いうな……馬鹿……んっ、あぁ！」

対面座位で腰を上下させた潤は、ぬるついた精液塗れの胸を可畏の胸板になすりつける。

胸を突きだすようにしながら、ヌチャヌチャと肌を合わせ、ペニスが孔から抜ける寸前まで腰を持ち上げた。括約筋を上手く使って内壁全体を絞り、ヌププッ……と腰を落とす。

「は、ぁ……あぁ！」

「――ッ……潤……」

体内にある可畏の雄が、一際大きく張り詰めた。

潤は腫れたままの乳首を可畏の乳首に何度も当て、彼のそれも勃起させる。

最初にそうしたいと思っていた通り、髪を振り乱す勢いで腰を揺さぶった。

可畏を悦ばせるためというよりは、体の求めに従って素直に動く。

頼もしい首や背中に手を回し、耳に甘い声を注いだ。

「ふあぁ……！」

突然可畏が立ち上がり、潤はペニスをくわえ込んだままベッドの外まで運ばれる。

衝撃で何がなんだかわからなくなっているうちに、プルメリアの香りが薄まった。

全身が海から流れる風に晒されて、開け放っていた硝子窓が目の前に、そしてジャグジーが眼下に見える。ああ、テラスに出たんだ……と思った時にはもう、ビーチに続く目隠し戸まで開けられていた。

「可畏……っ、え……ちょっと……え⁉」

「お仕置きされてえんだろ？」

「え、ええええ……⁉」

片手で軽々と潤の背中を抱いている可畏は、夜のビーチに向かって躊躇《ためら》いなく歩きだす。

可畏が所有するコテージは、二人が使っている物の他に、ヴェロキラや生餌が滞在しているコテージを含んで数軒が連なり、ほぼプライベートビーチといっても過言ではなかったが……絶対に誰も来ないというわけではない。ビーチ自体は仕切りのない開放的な空間で、無関係な人間が夜の散歩をしていても文句はいえない場所だ。

「や、無理……駄目だって、やばいって」

「心配すんな、人の気配はすぐわかる」

「監視カメラには気づかないだろっ」

半泣きで暴れた潤だったが、よくよく考えれば、今いる場所を固定カメラで撮影できるのは、可畏のコテージに取りつけられた監視カメラくらいのものだった。

「ん、ぁ……あ……」

焦りや戸惑いは拭えなかったが、白い砂浜に膝が沈むと、なんとなく諦めがつく。

左半身を波打ち際に寄せて寝る可畏の上で、潤はゆっくりと腰を上げた。

ウエストを大きな手で支えられながら、騎乗位で身を伸ばす。

慎重に呼吸を繰り返し、背中を反らして上下に動いた。

「……は、ふ……ぁ……凄い、いい眺め……」

「そうだな、絶景だ。お前のエロくさい体にゾクゾクする」

「可畏が……こんなふうに、したんだろ……っ、開発されて、もう、大変……」

「潤……ッ」

認めざるを得ないほど貪欲《どんよく》な体は、蠕動《ぜんどう》する媚肉で可畏の雄を締め上げる。

右側には穏やかな海、左には白い砂浜とキャンドルライトが光るコテージ――そして自分の真下に、あの獰猛な暴君竜を彷彿とさせる肉体があった。

最高に贅沢で、素晴らしい光景だ。

可畏は、「お前を抱いてると、世界を手に入れた気分になる」といっていたが、今は潤が、それと同じことを感じていた。

湿った砂地に膝を埋めながら腰を揺らすと、天を仰ぐ可畏の雄がメキメキと軋みだして……

この男に抱かれている自分は、世界を手に入れていると思う。そのくらい満ちていた。

「ふ……ぁ、可畏……胸、弄って……」

「――ッ」

潤は前後上下に動きながら、自分のウエストにあった可畏の手を摑む。

いつしか砂が付着していたその指を、自ら誘って乳首へと導いた。

指先についていた砂のせいで、過敏な乳首が悲鳴を上げる。

「ひ、あぁぁ……あ、ぁ……っ！」

「――ッ、おい……そんな、締めつけんな」

「も、無理……また、達く……可畏、も……達って……！」

両手の指で乳首をキュゥッと摘まれた潤は、その瞬間に忘我の域に到達する。

体の奥に熱い白濁を注がれると、砂浜以上に頭の中が真っ白になった。

《エピローグ》

午前中に竜嵜グループ所有のプライベートジェットに乗り込んだ潤は、可畏やヴェロキラ、生餌らと共にホノルル国際空港をあとにした。

　機内には豪華なダブルベッドを設置した寝室があり、その真横には雲が見える窓がずらりと並んでいる。豪華とはいっても非常に低めのベッドなので、寝てしまえば天井が高く感じられ、閉所恐怖症の可畏でも比較的楽に過ごせるようになっていた。

　離陸後すぐに可畏が眠ってしまったため、潤は寝室を出てメインルームに戻る。

　飛行機といえば、小さなシートが目いっぱい並べられたエコノミークラスが当たり前だった潤にとって、機体の幅がそのままわかる状態は新鮮なものだ。

　もちろんベルトの付いたシートもあるにはあるが、今はもう誰も座っていない。

　窓際には白いロングソファーが並び、贅沢に広がる空間の中央には、ダイニングテーブルが置いてあった。今は空の上で、多少の揺れや音を感じ、雲がすぐ目の前に見えるので機内だと信じられるが、離陸前は高級ホテルの一室としか思えなかった。

「潤様、どうかなさいましたか？」

生餌らのために飲み物を用意していたヴェロキラの辻が、真っ先に声をかけてくる。

目が覚めてからここに至るまでは大勢で動いていたので、面と向かって話すのは今が初めてだった。辻の顔を見るのが恥ずかしくてたまらない潤だったが、礼をいうために彼に近づく。

「あのさ……俺達に海パン穿かせてくれたのって、辻さん？」

緊張しながら訊《き》くと、辻はトレイを手にしたまま不思議そうな顔をする。

今朝、潤は陽が昇る前に可畏の腕の中で目を覚ましたが、そこはビーチだった。

要するに可畏と外で致したまま眠ってしまったらしく、可畏もまた、黒髪や浅黒い肌を白い砂塗れにして熟睡していた。

辛うじて波に触れない位置だったので、どうやら何時間も二人で眠っていたらしい。

幸いどちらも水着を穿かされていて、体の上にはパイル地のバスローブが二枚もかけられていた。日の出前に起きたため通行人に見られた様子はなかったのだが、目覚めた瞬間の焦燥とショックは惨憺《さんたん》たるものがあり、バスローブと水着を見てどれほど安堵したかは、落ち着いた今もなお筆舌に尽くし難い。

「やっちまった……って思ったんだよな。凄い助かった」

「いえ、恐れ入りますが、それは私ではありません」

「え、そうなの？　じゃあ他の誰かかな？」

ヴェロキラの四人は全員揃って可畏に忠実でよく働くが、今回のことはおそらく、特に気が利く辻がやってくれたのだろう……という潤の推測は、どうやら外れたようだった。

しかし振り返って他のヴェロキラに目を向けると、「私ではありません」と、佐木と林田と谷口が声を揃えて否定する。

「え、じゃあ誰だろう？　可畏も『ヴェロキラの誰かだろう』っていってたのに」

「僕と三号さんだよ」

いったい誰が……と首をひねった潤の耳に、突如、二号ユキナリの声が飛び込んでくる。

ソファーに三号と並んで座っていたユキナリは、オレンジジュースを手にこちらを見上げていた。

「――え？」

「何その不思議そうな顔。失礼じゃないですかぁ？」

「ほーんと、失礼しちゃいますよねー」

「マ、マジで？」

栗色の真っ直ぐな髪を斜めに揺らした二号は、珍しくにっこりと、「マジです」と答えた。

その瞬間、潤はくらりと眩暈《めまい》を覚える。

水着を穿かせてくれたのがヴェロキラにしても生餌にしても、行為そのものを過去に何度も見られているのでいまさらではあるが、以前の潤は可畏に無理やり抱かれていた立場だった。

合意の上の行為となると、また違う羞恥心を刺激される。

ましてや事後の状態を見られるのは、相当に恥ずかしい。

「あんな誰が来るかわかんない場所で致すのもアレだけど、そのまま寝ちゃうとかないわー」

「あり得ないですよねえ、可畏様の恐竜シルエットがまた怖くって……T・レックスが俯《うつぶ》せに海に浮かんでるっていうか沈んでるっていうか、凄いシュールな光景でした」

「そうそう、突っ伏せてドーンとね……怖いっつの」

「──う、すみません……恥ずかしい！」

潤は頬が熱くなるのを感じながら、じりじりと後退する。

ばつの悪い顔をしたヴェロキラの四人と、生餌九人の視線が痛かった。

居たたまれなくなって、「ほんとすみません、以後気をつけます」ともう一度謝った潤は、ベッドルームに戻ろうとしてメインルームの扉に迫る。

「……でもまあ、よかったんじゃない？　そのくらいちゃんと眠れたってことだし」

扉の把手を掴むと同時に、背後から大きめの声でユキナリにいわれた。

振り返ると、三号と二人でピンク色の唇を尖らせている。

「可畏様、一号さんがいなくなってから全然眠れなかったみたい」

「……っ」

「日中に屋上でうとうとするくらいだったから。ずーっと顔色悪かったんですよ」

「イライラして当り散らすならともかく、そういう気力もなかったみたいだし。僕達も過剰に血液提供して体調崩し気味で最悪だったの。迷惑だからもう別れないでね」

「そう……だったんだ？　凄い、迷惑かけちゃったな」

驚く潤の呟きに、生餌の九人は「ほんと迷惑っ」と声を揃える。

あまりにもぴったり揃っていたので、笑いごとではないのについ笑ってしまった。

けれども一呼吸置くと、痛みの種が芽吹いたかのようにずきんと胸が痛くなる。

母と妹を守るためとはいえ、自分がしたことで可畏は苦しんだのだ。おそらく閉所恐怖症の症状が酷くなり、誰にもいえずに独りで耐えていたのだろう。

「ほんとにごめん……もう別れたりしないから大丈夫。どうもありがとう」

潤はヴェロキラと生餌に向かって宣言すると、同い年の彼らにぺこりと頭を下げる。

この数ヵ月の間に、暴力を振るわれたり拘束されたり、意地悪をいわれたりされたり、数え切れないほど様々な出来事があったが、しかし今は心底、彼らを仲間だと思える。

暴君竜――竜寄可畏を慕い、彼のそばにいる選択をした者という意味では、目的はどうあれ皆同じだ。それぞれに可畏への想いがあり、獲得したポジションは絶対誰にも譲らないという、強い気概を持って可畏に寄り添っている。

潤はベッドルームに戻り、雲の隣に横たわる可畏を見つめる。

つい先程まで眠っていたはずなのに、今は起きていた。

山のように積んだ枕とクッションに寄りかかって、携帯電話を手にしている。

今時の高校生としてはごくありきたりな仕草だが、可畏はヴェロキラとのやり取り以外では
ほとんど携帯を使わないので、彼らと一緒に行動している時にこうしているのは珍しい。

「起きてたんだ？」

「──起こされた」

可畏は携帯のせいだといわんばかりに、光る画面を上にして放り投げた。

マットの端に落ちたそれを、潤は「オジサンから？」と訊きながら手にする。

その問いに可畏は答えず、「なんでわかるんだ？」と、怪訝《けげん》な顔で訊き返してきた。

どう答えるべきか、潤はしばし頭をひねる。

しかしそのまま率直に答えることにした。

「わかるよ。可畏は寝起き悪いし、目覚ましとか電話とか物音とか、不快な音で起こされると
機嫌悪くなるだろ？　でも今はそんなことないみたいだから……特別な人からの悪くない連絡
なんだろうなあって」

「特別じゃねえ、あんな奴。それに俺は今不機嫌だ」

「んーはいはい」

潤は笑いながらスリッパを脱ぎ、毛布をめくって可畏の隣に潜り込む。

手にしていた携帯はスリープ状態になってしまい、触れるとパスワードを求められた。

ロック画面の壁紙は、ハワイで潤が記念に撮ったツーショット写真で、壁紙に設定したのも潤だった。

パスワードは知らないので、「はい」と一旦返そうとすると、「０５２１」と告げられる。

「――あ、俺の誕生日だ」

「ベタだろ？」

「ベタですね」

潤はさらに、「セキュリティ甘過ぎ」といいつつ、画面を叩いて数字を入力した。

ロックが音もなく解除され、可畏が開いていたメール画面が表示される。

まず見えたのは写真で、シルクの枕に顔を埋めるリアムの寝顔だ。

目にした瞬間、まるで絵に描いたような美人だな……と思った。

長いストロベリーブロンドが波打つ中で、彼は穏やかな表情で眠っている。

どんなに美しくても、骨格からして男にしか見えないが、お姫様と呼ばれていても王子様と呼ばれていても違和感はなく、思わず写真を撮りたくなる気持ちがよくわかる寝顔だった。

「よかった。まだ顔色悪いけど、命に別状はなさそう」

「ミイラになってもおかしくねえくらい吸ってやったのに、しぶとい奴だ」

「さすがは可畏の身内だな」

潤は顔では笑いながらも覚悟を決めて、画面を少しスクロールさせる。

英文だったら理解できるか心配だったが、ちらりと見えてきた文字は日本語だった。

いったい何が書かれているのか、可畏と自分の今後にかかわると思うと緊張が走る。

昨日、ガーディアン・アイランドを出た時点で、クリスチャンはリアムの蘇生処置で忙しく、可畏は平気な振りをしながらも実は拒絶反応が出かけていたため早く島を離れたがっていて、親子の間に会話はなかったのだ。

「な、なんだよこれ……二行？　たったの二行⁉」

「最悪な野郎だろ？」

「う、うん」

思わず最悪という意見に同意してしまったが、目の前の文章は確かに酷い。

『可畏くん潤くん、色々悪かったね。リアムは無事だから心配要らないよ』

それだけかよ——と、突っ込まずにはいられない文章に、潤は啞然《あぜん》とする。

白衣姿で飄々《ひょうひょう》と笑っているクリスチャンの顔が浮かんできた。

悪怯れない髭面に、穏やかなリアムの寝顔が重なる。

リアムが自分の気持ちを伝えられたのかどうかはわからないが、何がどうなろうと、クリスチャンが心から反省する日は来ない気がした。

「今……二人で一緒にいるんだよな？」

「そうだろうな」

「なんかもう、超絶頭に来るっていうか……勝手にしろって思う反面、リアムが穏やかな顔でよかったっていうかなんていうか。単に寝てるだけかもしれないけど……」

潤はブツブツと呟きながら、複雑な胸の内を自分なりに整理する。

あの二人は今この瞬間、どういう心境であれ一緒にいるんだろうなと思うと、ひとまず胸を撫で下ろすことができた。

クリスチャンが人の親である前に真のマッドサイエンティストなら、可畏に子供を作らせることを諦めるとは思えないが、一応謝っている以上、近々に無茶はしないだろう。

ティラノサウルスの交尾には雌の意思が重要になるため、リアムの容体が落ち着いて今回の出来事のほとぼりが冷めたら、「可畏と最強の子供を作ってほしい！」などと、懲りずに人の気持ちを無視したことをいいだして、またリアムを泣かせそうな気もする。

しかしそんな予想はまったくの杞憂《きゆう》であればいい。

ベストシーズンだとか最強だとか、そういうことよりも遥かに大切なものを、二人で温めてほしいとつくづく思った。

「お前の名前が入ってる」

「……あ、うん。入ってるな」

可畏はクリスチャンのメールの冒頭を指で示すと、意味ありげな目をした。

何がいいたいのかわからない潤の前で、肉厚な唇を開く。

「竜人にとって、本来人間は餌だ」

「うん、知ってる」

「お前の名前が当たり前のように入ってるのを見て、もう大丈夫だと思った。あの最低野郎は救いようのない変人だが、馬鹿じゃない。来年にはきっと、俺の弟か妹が産まれてくる。いや、甥か姪になるのか？　よくわかんねえが、とにかく何か小せえのが産まれてくる」

そういって薄く笑った可畏に肩を抱かれ、潤は驚きながらも大きく頷いた。

可畏の予想通りになってほしいと思う。

いつもできるだけポジティブに物事を考えるようにしている自分よりも、可畏の方が明るい未来を想像していたことが意外だったが——やはりそこは、親子だからこそ信じられるものや、感じ取れるものがあるのかもしれない。

「可愛いだろうな、すっごく」

「さあ、どうだろうな」

「凄い楽しみ」

「気が早い」

「うん」

可畏に寄り添いながら、潤はクッションの山に背中を預けた。

手許の携帯の画面が真っ暗になると、そこに自分の顔が映る。

世間的には美形の部類に入り、綺麗だの可愛いだのといわれてきた顔で、線も細い方だが、やはり男だ。顔以上に体はもっと男で――リアムのように竜人でもなければ雌雄同体でもないため、逆立ちしようと腹を括《くく》ろうと、可畏に子供を与えてやることはできない。

――そのうち発情期が来るんだろうし、竜王国の王になるっていってたし、いつか跡取りが必要になるよな。リアムじゃなくても誰か、それなりに強い子供が期待できる雌と恐竜化して交尾して、自分の血を引く子供を作るんだろうな……。

その時は寛容に、割り切らなくちゃいけない――そう思った。

恐竜化した状態でのことだし、人間同士のように結婚を迫られたり愛を捧げたりしなくても済む話だろう。計画的に淡々と子供を作るのは自分の常識や理想からは外れているが、しかしその感覚を竜人に強いるのは間違いだ。可畏が望む時が来たら……その時は受け入れよう。

「潤、俺は子供を作らないからな。お前以外は抱かない」

「――っ」

思考を読み取られたようなタイミングでいわれ、潤は言葉に詰まる。

一瞬にして胸が打ち震えるほど嬉しくなったが、しかし喜ぶことはできなかった。

悪いとは思いながらも割り切って、作るべきものは作る――そういう選択をしてくれた方が自分としては楽だ。ただでさえ足手まといになる脆弱《ぜいじゃく》な人間の男の身で、「俺に操を立てて、俺以外は抱かないで」なんて、本当の望みを口にできるわけがない。

そんなことを要求して可畏を困らせるのは嫌だった。負担になるくらいなら……都合のいい愛妾《あいしょう》でいる方が余程マシだと思う。愚かだとしても、それが可畏と生きることを選んだ自分の覚悟であり、優先すべきは可畏を苦しませない方法──最も幸せにできる選択だ。

特に我慢しているわけじゃない。犠牲になるわけでもない。

可畏が幸せな時はきっと、自分も幸せに違いないと信じていられる。

「子供、作らないとか。そういうのはまだ決めなくてもいいんじゃないか?」

「お前が負担に思う必要はない。お前のためじゃねえからな」

「可畏……」

「俺は女が嫌いなんだ」

可畏は今もまた薄く笑って、そのくせ強く肩を抱いてくる。

お前のためじゃないと彼はいったが、どうしてもそんなふうには思えなかった。

ただし、可畏の言葉は嘘でもないのだろう。

クリスチャンから聞いた可畏の過去が、否応なく脳裏にちらつく。

実母に犯された彼の記憶を、頭の奥に密かに持っていることを申し訳なく思った。

可畏は誰にも知られたくなかったはずだ。

けれどもきっと、抱え続けている痛みを和らげてほしいと願っている。

それができるのは自分しかいない。わざわざ傷を暴いて患部に沁みる薬を塗り込まなくても、癒すことは必ずできる。自分ならできる。

「なんだ、胸ぺったんこで悪いなあとか思う必要なかったんだ？」

「そんなこと思ってたのか？」

「だってなんか……胸好きそうだし。うちの妹の巨乳をガン見してたの知ってるし」

「胸が好きなんじゃねえ。これが好きなんだ」

「――あ……」

シャツの上から乳首をくりっと弄られると、思わず吐息が漏れてしまう。

小さな窓の外に広がる青空を横目に、潤は可畏の首筋に手を回した。

目の前に好きな人の顔があり、指先で体温や脈を感じられる。

「可畏……」

見つめると見つめ返され、キスを望めば唇を塞がれる。

可畏も自分も、これだけあれば十分なんだと思った。

まるで世界を手に入れたように、満ち足りている。

あとがき

初めまして、またはこんにちは、犬飼《いぬかい》ののです。

恐竜BL第二弾を御手に取っていただきありがとうございました。

読者様から続編の御要望をいただけたおかげで、可畏《かい》や潤《じゅん》を再び書く機会を得られました。

これまで応援してくださった読者様に改めて感謝すると共に、どうかお楽しみいただけますようにと、ひたすら祈る気持ちです。


作中に出てくるガーディアン・アイランドは、某恐竜映画の撮影に使われた島をモデルに、名前も地形も場所もだいぶ変えております。船で近くまで行ったことはありますが、上陸したことはないので、どうにか時間を作って行ってみたいです。

今回、新たに登場した恐竜はティラノサウルス・プテロン——架空のキメラ恐竜でした。

そもそもプテラノドンが好きなので、続編には翼竜を出したいと思ったものの、暴君竜との体格差や力の差があり過ぎるのでキメラ恐竜にしました。リアムの飛行能力は、実際には最強レベルのものだと思います。

前作に引き続き、笠井《かさい》あゆみ先生に素晴らしいイラストをつけていただき感激です。一巻目は攻めの口の中に受けがいるという珍しい構図のカバーでしたが、今回はメイン攻め不在という、これまた斬新なカバーにドキドキしました。

リアムは恐竜化すると飛べないちょっとかわいそうなところのある翼竜ですが、カバーではイメージとして悠々と夜空を飛んでいるので、「リアム、飛べてよかったね！」と、いいたいくらい感無量です。笠井先生、美しく官能的なイラストをありがとうございました！

お知らせですが、本書より少し前に発売している『小説Chara vol. 32』に、「暴君竜を飼いならせ」の番外編を掲載していただきました。可畏と潤が甘い関係になる前の話で、お互いに惹かれ始めて心揺れる可畏と潤の姿を、ヴェロキラの辻《つじ》目線で書いています。

そちらも是非よろしくお願い致します。

最後になりましたが、本書を御手に取ってくださった読者様と、指導してくださった担当様、関係者の皆様に心より御礼申し上げます。このたびはありがとうございました。

犬飼のの

この本を読んでのご意見、ご感想を編集部までお寄せください。

《あて先》〒141－8202　東京都品川区上大崎3－1－1　徳間書店　キャラ編集部気付

「翼竜王を飼いならせ」係

【読者アンケートフォーム】

QRコードより作品の感想・アンケートをお送り頂けます。

Chara公式サイト http://www.chara-info.net/

■初出一覧
翼竜王を飼いならせ……書き下ろし

Chara
翼竜王を飼いならせ……【キャラ文庫】

2015年5月31日　初刷
2020年5月25日　4刷
著者　犬飼のの
発行者　松下俊也
発行所　株式会社徳間書店
〒141-8202　東京都品川区上大崎3-1-1
電話　049-293-5521（販売部）
03-5403-4348（編集部）
振替　00140-0-44392

印刷・製本　株式会社廣済堂
カバー・口絵
デザイン　百足屋ユウコ+おおの蛍（ムシカゴグラフィクス）

ISBN978-4-19-900795-8

犬飼ののの本

好評発売中

［暴君竜を飼いならせ］

イラスト✦笠井あゆみ

この男の背後にある、巨大な恐竜の影は何なんだ…!?　通学途中に事故で死にかけた潤《じゅん》の命を救ったのは、野性味溢れる竜寄《りゅうざき》可畏《かい》。なんと彼は、地上最強の肉食恐竜・ティラノサウルスの遺伝子を継ぐ竜人だった!!　潤の美貌を気にいった可畏は「お前は俺の餌だ」と宣言!!　無理やり彼が生徒会長に君臨する高校に転校させられる。けれどそこは、様々な恐竜が跋扈《ばっこ》する竜人専用の全寮制学院だった!?

投稿小説 大募集

『楽しい』『感動的な』『心に残る』『新しい』小説——
みなさんが本当に読みたいと思っているのは、
どんな物語ですか？
みずみずしい感覚の小説をお待ちしています！

応募のきまり

応募資格

商業誌に未発表のオリジナル作品であれば、制限はありません。他社でデビューしている方でもOKです。

枚数／書式

20字×20行で50～300枚程度。手書きは不可です。原稿は全て縦書きにしてください。また、800字前後の粗筋紹介をつけてください。

注意

❶原稿はクリップなどで右上を綴じ、各ページに通し番号を入れてください。また、次の事柄を1枚目に明記して下さい。
（作品タイトル、総枚数、投稿日、ペンネーム、本名、住所、電話番号、職業・学校名、年齢、投稿・受賞歴）

❷原稿は返却しませんので、必要な方はコピーをとってください。

❸締め切りは特別に定めません。採用の方にのみ、原稿到着から3ヶ月以内に編集部から連絡させていただきます。また、有望な方には編集部からの講評をお送りします。

❹選考についての電話でのお問い合わせは受け付けできませんので、ご遠慮ください。

❺ご記入いただいた個人情報は、当企画の目的以外での利用はいたしません。

あて先

〒105-8055　東京都港区芝大門2-2-1
徳間書店　Chara編集部　投稿小説係

投稿イラスト 大募集

キャラ文庫を読んでイメージが浮かんだシーンを、
イラストにしてお送り下さい。
キャラ文庫、『Chara』『Chara Selection』『小説Chara』などで
活躍してみませんか？

応募のきまり

応募資格

応募資格はいっさい問いません。マンガ家&イラストレーターとしてデビューしている方でもOKです。

枚数／内容

❶イラストの対象となる小説は『キャラ文庫』及び『Chara、Chara Selection、小説Charaにこれまで掲載された小説』に限ります。
❷カラーイラスト1点、モノクロイラスト3点の合計4点をお送りください。カラーは作品全体のイメージを、モノクロは背景やキャラクターの動きのわかるシーンを選ぶこと(裏にそのシーンのページ数を明記)。
❸用紙サイズはA4以内。使用画材は自由。データ原稿の際は、プリントアウトしたものをお送りください。

注意

❶カラーイラストの裏に、次の内容を明記してください。
(小説タイトル、投稿日、ペンネーム、本名、住所、電話番号、職業・学校名、年齢、投稿・受賞歴、返却の要・不要)
❷原稿返却希望の方は、切手を貼った返却用封筒を同封してください。封筒のない原稿は編集部で処分します。返却は応募から1ヶ月前後。
❸締め切りは特別に定めません。採用の方にのみ、編集部から連絡させていただきます。また、有望な方には編集部から講評をお送りします。選考結果の電話でのお問い合わせはご遠慮ください。
❹ご記入いただいた個人情報は、当企画の目的以外での利用はいたしません。

あて先

〒105-8055　東京都港区芝大門2-2-1
徳間書店　Chara編集部　投稿イラスト係